新世界之旅

五月花号旅客女孩的日记 |1620年—1621年|

〔美〕凯瑟琳·拉斯基 著 安琪 译

人民文学出版社
PEOPLE'S LITERATURE PUBLISHING HOUSE

著作权合同登记号　图字 01－2020－5627

A Journey to the New World：The Diary of Remember Patience
Whipple，Mayflower，1620
Copyright © 1996 by Kathryn Lasky
All rights reserved.
Published by arrangement with Scholastic Inc.，
557 Broadway，New York，NY 10012，USA

图书在版编目(CIP)数据

新世界之旅：五月花号旅客女孩的日记/(美)凯
瑟琳·拉斯基著；安琪译. —北京：人民文学出版社，
2016(2023.12 重印)
（日记背后的历史）
ISBN 978-7-02-012053-6

Ⅰ.①新… Ⅱ.①凯… ②安… Ⅲ.①儿童小说-中
篇小说-美国-现代 Ⅳ.①I712.84

中国版本图书馆 CIP 数据核字(2016)第 234809 号

责任编辑　李　娜　王雪纯
装帧设计　李　佳

出版发行　人民文学出版社
社　　址　北京市朝内大街 166 号
邮政编码　100705

印　　制　山东新华印务有限公司
经　　销　全国新华书店等

字　　数　89 千字
开　　本　890 毫米×1240 毫米　1/32
印　　张　6.25　插页 2
版　　次　2017 年 4 月北京第 1 版
印　　次　2023 年 12 月第 2 次印刷

书　　号　978-7-02-012053-6
定　　价　45.00 元

如有印装质量问题，请与本社图书销售中心调换。电话:010-65233595

序

老少咸宜，多多益善
——读《日记背后的历史》丛书有感
钱理群

　　这是一套"童书"；但在我的感觉里，这又不止是童书，因为我这七十多岁的老爷爷就读得津津有味，不亦乐乎。这两天我在读"丛书"中的两本《王室的逃亡》和《法老的探险家》时，就有一种既熟悉又陌生的奇异感觉。作品所写的法国大革命，是我在中学、大学读书时就知道的，埃及的法老也是早有耳闻；但这一次阅读却由抽象空洞的"知识"变成了似乎是亲历的具体"感受"：我仿佛和法国的外省女孩露易丝一起挤在巴黎小酒店里，听那些平日谁也不注意的老爹、小伙、姑娘慷慨激昂地议论国事，"眼里闪着奇怪的光芒"，举杯高喊："现在的国王不能再随心所欲地把人关进大牢里去了，这个时代结束了！"齐声狂歌："啊，一切都会好的，会好的，会好的……"我的心都要跳出来了！我又突然置身于3500年前的神奇的"彭特之地"，和出身平民的法老的伴侣、十岁男孩米内迈斯一块儿，突然遭遇珍禽怪兽，紧张得屏住了呼吸……这样的似真似假的生命体验实在太棒了！本来，自由穿越时间隧道，和远古、异域的人神交，这是人的天然本性，是不受年龄限制的；这套童书充分满足了人性的这一精神欲求，就做到了老少咸宜。在我看来，这就是其魅力所在。

而且它还提供了一种阅读方式：建议家长——爷爷、奶奶、爸爸、妈妈们，自己先读书，读出意思、味道，再和孩子一起阅读，交流。这样的两代人、三代人的"共读"，不仅是引导孩子读书的最佳途径，而且还营造了全家人围绕书进行心灵对话的最好环境和氛围。这样的共读，长期坚持下来，成为习惯，变成家庭生活方式，就自然形成了"精神家园"。这对孩子的健全成长，以至家长自身的精神健康，家庭的和睦，都是至关重要的。——这或许是出版这一套及其他类似的童书的更深层次的意义所在。

我也就由此想到了与童书的写作、翻译和出版相关的一些问题。

所谓"童书"，顾名思义，就是给儿童阅读的书。这里，就有两个问题：一是如何认识"儿童"，二是我们需要怎样的"童书"。

首先要自问：我们真的懂得儿童了吗？这是近一百年前"五四"那一代人鲁迅、周作人他们就提出过的问题。他们批评成年人不是把孩子看成是"缩小的成人"（鲁迅：《我们现在怎样做父亲》），就是视之为"小猫、小狗"，不承认"儿童在生理上心理上，虽然和大人有点不同，但他仍是完全的个人，有他自己的内外两面的生活。儿童期的十几年的生活，一面固然是成人生活的预备，但一面也自有独立的意义和价值"（周作人：《儿童的文学》）。

正因为不认识、不承认儿童作为"完全的个人"的生理、心理上的"独立性"，我们在儿童教育，包括童书的编写上，就经常犯两个错误：一是把成年人的思想、阅读习惯强加于儿童，完全不顾他们的精神需求与接受能力，进行成年人的说教；二是无视儿童精神需求的丰富性与向上性，低估儿童的智力水平，一味"装小"，卖弄"幼稚"。这样的或拔高，或矮化，都会倒了孩子阅读的胃口，这就是许多孩子不爱上学，不喜欢读所谓"童书"的重要原因：在孩子们看来，这都是"大人们的童书"，与他们无关，是自己不需要、无兴趣的。

那么，我们是不是又可以"一切以儿童的兴趣"为转移呢？这里，也有两个问题。一是把儿童的兴趣看得过分狭窄，在一些老师和童书的作者、出版者眼里，儿童就是喜欢童话，魔幻小说，把童书限制在几种文类、有数题材上，结果是作茧自缚。其二，我们不能把对儿童独立性的尊重简单地变成"儿童中心主义"，而忽视了成年人的"引导"作用，放弃"教育"的责任——当然，这样的教育和引导，又必须从儿童自身的特点出发，尊重与发挥儿童的自主性。就以这一套讲述历史文化的丛书《日记背后的历史》而言，尽管如前所说，它从根本上是符合人性本身的精神需求的，但这样的需求，在儿童那里，却未必是自发的兴趣，而必须有引导。历史教育应该是孩子们的素质教育不可缺失的部分，我们需要这样的让孩子走近历史、开阔视野的人文历史知识方面的读物。而这套书编写的最大特点，是通过一个个少年的日记让小读者亲历一个历史事件发生的前后，引导小读者进入历史名人的生活——如《王室的逃亡》里的法国大革命和路易十六国王、王后；《法老的探险家》里的彭特之地的探险和国王图特摩斯，连小主人翁米内迈斯也是实有的历史人物。每本书讲述的都是"日记背后的历史"，日记和故事是虚构的，但故事发生的历史背景和史实细节却是真实的，这样的文学与历史的结合，故事真实感与历史真实性的结合，是极有创造性的。它巧妙地将引导孩子进入历史的教育目的与孩子的兴趣、可接受性结合起来，儿童读者自会通过这样的讲述世界历史的文学故事，从小就获得一种历史感和世界视野，这就为孩子一生的成长奠定了一个坚实、阔大的基础，在全球化的时代，这是一个人的不可或缺的精神素质，其意义与影响是深远的。我们如果因为这样的教育似乎与应试无关，而加以忽略，那将是短见的。

这又涉及一个问题：我们需要怎样的童书？前不久读到儿童文学评论家刘绪源先生的一篇文章，他提出要将"商业童书"与"儿童文学中的顶尖艺术品"作一个区分（《中国童书真的"大胜"了吗？》，载 2013 年 12 月 13 日《文汇读书周报》），这是有道理的。或许还有一种"应试童书"。这里不准备对这三类童书作价值评价，但可以肯定的是，在中国当下社会与教育体制下，它们都有存在的必要，也就是说，如同整个社会文化应该是多元的，童书同样应该是多元的，以满足儿童与社会的多样需求。但我想要强调的是，鉴于许多人都把应试童书和商业童书看作是童书的全部，今天提出艺术品童书的意义，为其呼吁与鼓吹，是必要与及时的。这背后是有一个理念的：一切要着眼于孩子一生的长远、全面、健康的发展。

因此，我要说，《日记背后的历史》这样的历史文化丛书，多多益善！

2013 年 2 月 15—16 日

1620 年
五月花号

1620年10月1日，早晨

五月花号

已航行1150英里

"梅姆，"我回答，"这是瑞梅姆柏的简称。我的全名是瑞梅姆柏·佩兴斯·惠普尔。佩兴斯①原本是我的名字，可是妈妈觉得这个名字不好。我多动又没有耐心。但是，他们想纪念我母亲亲爱的姐姐，她已经去世了。于是，他们把佩兴斯加在中间。对一些人而言它是一个好名字，于我，它做中间名会更好。妈妈说我比以前耐心多了，可是我仍需努力。我今年十二岁。或许等我长大成人的时候，比如十五岁，我会变得有耐心。"

我们正驶向新大陆。慢慢地，五月花号将载着我们来到那里。它有九十英尺长，最大宽度有二十五英尺。它很结实，却沉重而缓慢，慢吞吞地一路跨越苍茫的大西洋。

我们旅程的原因在于我们的宗教信仰。你瞧，我

―――――――――――――
① 佩兴斯（Patience）在英文中有"耐心"的意思。

们既不是罗马教皇的信众，也不是国王的人民，只是上帝的子民。我们是清教徒。简称"圣徒"。我们所有去往荷兰的英国人都被如此称呼。而要是我们去往这个新大陆，摆脱老国王詹姆斯和与我们背道而驰的各种教堂礼仪，我们就可以如己所愿地做礼拜了。你瞧，我们相信教堂在我们的心里，而不是一幢建筑物。因此引领着我们的是我们的心。

可现在我在反胃。几天来这种翻江倒海的感觉一直伴随着我，而领航员琼斯先生说我们只是遭遇了大风而非真正的风暴。哦，天哪，我在犯恶心。我管它叫反胃。我不想吐。我不想吐。我能想到的只有一件事——呕吐。我不能再写了，亲爱的日记。那听起来很愚蠢，"亲爱的日记"。我一定要给你想一个合适的名字。可是在我吐你一身前，我必须就此搁笔了……

1620年10月2日

五月花号

狂风大作。我想去甲板上找琼斯先生问问我们走多远了，可实在太危险了。实在很难想象这片新大陆的模样。我习惯了高楼林立的闹市区和蜿蜒的街道。清教徒们脚步匆匆地去往市场，用荷兰语或英语交谈。然而所有这一切在新大陆通通不存在。那里既没有大楼也没有街道，只有身着羽毛的男人、女人和孩子，我猜，说不定他们会在脸上描画，住在难得一见的遮蔽物里。

1620年10月2日，下午

五月花号

他们说我们正驶向北弗吉尼亚，靠近哈德逊河。国王——英格兰国王詹姆斯，转让了这片土地。后来商人们成立了公司，把这里变成了一片殖民地，我们会在这里种植粮食，运回英国出售。

恶心得写不下去了。

我恨约翰·比林顿。

1620年10月3日

五月花号

狂风依然呼啸。

上帝原谅我对约翰·比林顿的刻薄。上帝保佑约翰·比林顿，即使我无法忍受他。他的哥哥弗朗西斯或许更糟。

同很多人一样，妈妈得了腹泻。水或者食物里有东西会让人拉肚子。父亲把妈妈的衬裙拿去甲板。他回来的时候浑身湿透了，可是用海水洗过的衬裙却干干净净。求您了，亲爱的上帝，我不想得腹泻，这并非因为我的虚荣心……而是因为我的衬裙。我只穿了两条衬裙，而非平常的三条，因为当我的小妹妹布莱辛拉肚子的时候，我们不得不给她包三条尿布。多么可怕的选择。一条完了就只剩下另一条了！哦，天哪，这个可怕的念头让我的五脏六腑都在颤抖。我现在要吐了……

附言：比林顿夫妇正在吵架。她的尖叫声之大绝不亚于风声。而他则骂骂咧咧！我甚至不知道他们在吵什么。它对我绞在一起的肠子毫无帮助。

1620年10月4日

五月花号

已航行1300英里

富勒执事的仆人威尔·比唐，是个聪明的小伙子。所有的小孩都在闹脾气。哭声就跟风暴一样震耳欲聋。他用钢笔尖在他的手指上，还有拇指连着手掌的地方画上脸孔。每张脸都有一个名字，然后他开始一边扭动手指一边说故事。很快孩子们全都停止了哭泣。我的朋友哈米和我都觉得他特别可亲。他还解释给我听船长是如何通过在阳光中观察他的直角器来测量纬度的。当风暴停止，我们又能上甲板的时候，威尔答应向哈米和我展示一个测量五月花号航行速度的聪明窍门。

1620年10月5日

五月花号

　　风停了。我们必须收起船帆，随波逐流。我还是觉得不舒服。

　　他们说我们的五月花号是一艘"甜美的船只"，因为它被用于葡萄牙红酒贸易，已经很长时间没有运送鱼、柏油和松脂之类臭烘烘的东西了。可是此刻的它却并没有那么甜美；每个人都挤在一起睡在甲板下，大家都病了，连厕所都没有，只能用水桶方便。它臭气熏天。想想当我们刚刚登船的时候我多么激动。当我找到所有犄角旮旯的时候感觉多么安逸。可是我们人太多了，不得不每时每刻都挤在一起。那可怕的气味，一些男人的呼噜声，宝宝们的哭喊声。要是有人想要体面地换条衬裙，就必须爬进一只桶里。男人们可没有女人们体面。他们经常脱掉内衣，我瞧见了他们的脊背和肚子。我试图移开视线，可有时候这是不可能的，我被迫发现有些男人的背上竟然长着毛！那难道不是很奇怪吗？

　　我多么希望他们能让我去甲板，呼吸呼吸新鲜空气。我已经好几天不曾见到一丝阳光了。可是孩子们这些天被禁止去上层甲板，因为那里现在颠簸摇晃，不断遭到海浪的冲刷。就算我们不摔跤，水手也会把我们赶回去。他们痛恨我们圣徒，总是拿我们的疾病取笑。他们喊我们"呕吐长筒袜"。他们就像比林顿家的男孩们一样粗鲁。对了，我肯定弗朗西斯·比林顿偷走了我的一块饼干。

1620年10月7日

五月花号

已航行1420英里

　　　　呕

　　　　吐

　　　　喷涌

　　　　恶心

哈米·索耶和我把所有可以用来描述我们翻江倒海的五脏六腑的词列了张单子。这让我们感觉好多了。说起我一定要为你想个名字这事，亲爱的……可我现在感觉难受极了，我只能写到这里了。

1620年10月9日

五月花号

大风把我们往回推了20英里！我们几乎回到了昨天所在的地方！我倍感沮丧。这场风就像一只打在我们脸上的大拳头。父亲说，只要风不停歇，轮船就无法前行！太痛苦了！

1620年10月10日

五月花号

已航行1560英里

我现在正用颤抖的手写字。发生了一件极其令人毛骨悚然的事。暴风中的海面上升起了一个所谓的滔天骇浪。我们可怜的小船飞了起来，感觉仿佛经过了无比漫长的一段时间，然后发出一声可怕的爆裂声。是的，我们的主横梁真的裂开了！它毫无疑问地变了形，现在我们上方的甲板就像一个筛子，我们全都湿透了。所有的男人都集合了起来。所有人都铁青着脸。后来还是我的父亲或许解决了这个问题，因为他想起我们为了在新大陆建造村庄从荷兰带了大铁螺钉。

要是不管用，我们的船就会沉没。我努力想象自己淹死在这片咆哮的大海中是什么样子。如果真的走到这一步，如果轮船下沉，我希望我能在被鲨鱼吃掉前淹死。鲨鱼跟着轮船是一个十分糟糕的信号。我在一个风平浪静的日子看见过几条，当时的我还是不舒服，趴着船舷在吐。它们现在或许已经熟悉了我的气味。它们会直接冲着我来。我必须抛弃这些黑暗的念头。我必须对上帝和人类保有信心。这些男人，我的父亲，木匠，船长，布拉德福德先生，布鲁斯特长老，他们会有办法的。我们都祈祷在主梁的下方安一根柱子能将它恢复原位，修补后能将它稳住。

1620年10月12日

五月花号

已航行1790英里

奏效了。上帝眷顾了我们的小船。主梁被抬了起来，被修复了。昨晚我们聚在一起祈祷感恩。不久之后，近两个星期来第一次，风势减弱了，船上的索具也安静了下来。我们能清静地思考，清静地祈祷，聆听彼此。而哈米和我则聊了一整晚。

现在哈米和我正手忙脚乱地准备在小舟上睡觉。小舟是一艘小船，当我们最终到底目的地时，要用它探索海岸。它大概有二十英尺长，吃水很浅，现在被存放在二层甲板。我们需要一片自己的小天地。可以换换环境。我已经对盯着睡觉地方的那些猪和厚木板厌烦至极，我也厌倦了听比林顿夫妇的呼噜声，瞧着他那毛茸茸的后背。我可以想象气味不会好闻多少，可是至少是些不一样的味道！威尔·比唐说最棒的地方就是他常去的——甲板上的大艇。可是我觉得妈妈不会让我大晚上地去那里。你知道，夜晚会起雾。她最怕黑夜，尤其当风从南边吹来的时候。

1620年10月13日

五月花号

已航行1805英里

昨晚，数天来第一次，妈妈终于能生起炭盆了。我们享用了一顿美味的晚餐。昨天可以吃荤，因此我们能吃肉。我们吃了用芥末和醋做的咸牛肉、豆子、压缩饼干，布莱辛吃了她的最爱：热过的燕麦粥。我想要一袋布丁或一些牛奶燕麦，就是妈妈会把它煮得特别浓稠，再撒满肉桂的那种。它从你的勺子上滴落，那么美好而温暖。可是我们还得等很长一段时间才能吃到。

无论如何，今天天气晴朗。灰色天空已经冲刷而去，留下我们头顶这片广袤的蓝色苍穹。我们享受着清新、温和的东北风。被叫做猴子的攀上桅杆的水手们正身处船索中，每一片船帆都被打了开来。五月花号好像一只长着许多翅膀的鸟儿，迎着天空鼓起风帆！

　　我们被允许去甲板上，我一点都不觉得难受了，反胃的感觉荡然无存。我们诚挚地迎接新大陆！！不仅轮船的状态如此，我觉得自己也是，开始认真地对待我的日记了。现在我为你想了一个名字。可是首先你必须知道自己的历史——你是如何诞生的。我明天会写下来。此时此刻我想要享受清新的微风。

　　　　　　　　　　　　　　　　1620年10月14日

　　　　　　　　　　　　　　　　五月花号

　　　　　　　　　　　　　　　　已航行1825英里

　　如我承诺的，现在写下你的故事，一切从荷兰开始。

　　两年多前，当我们在荷兰免于国王詹姆斯的迫害的时候，我们的治理长老威廉·布鲁斯特开始印制畅所欲言地严厉反对国王詹姆斯和主教的教会书籍。这些书不得不秘密印制，因为一旦被发现将会极其危险。我的母亲和父亲是极少数的几个知情者之一。

　　你瞧，印刷碰到了一个问题，有什么东西坏了，于是他们叫我父亲去帮忙，他精通木工和修理。这些人给了我父亲几批纸张，或许是作为他工作的酬劳。我不肯定。而妈妈则把它们裁开后缝在一起。她用从玫瑰运河街的一个补鞋匠那里拿来的几片碎皮做了一个封面。她用一把锥子将我的姓用最纤细、最优美的字体刻在封面上。

　　现在想来那都似乎已是很久以前的事了。此刻我坐在浮动的阴影处，船上腐败的气味让我不敢相信曾经有过一条玫瑰运河街，有一个叫做荷兰的地方。威尔和哈米都不太相信我告诉他们的在运河上溜冰的故事。走到桥下的时候当然一定要小心，我解释道，因为那里的冰是最薄的，尤其是桥墩附近。

　　关于荷兰的思绪越来越多地浮现在我的脑海中，可是我必须说完这个故事，那便是你是如何来到我的手中的。直到我们远离了英格兰，真正向新大陆出发，妈妈才给了我这本本子。我深信她害怕国王詹姆斯或他的人会用某种办法通过追踪这些纸找到我们家，把我们扔进监狱，把我们碎尸万段。因为据说他已经发誓要报复任何与这些书有关的人。

因此她一直等到兰兹角①被远远抛在我们的身后，只剩一条模糊的线条。接着她把你给了我，告诉我这将是我的日记本。我必须不辜负自己的名字，并且记住，不仅仅是为了我自己，而是为了我的子孙后代。妈妈对我说："这本本子就好像你最亲密的朋友。"她顿了顿又说："不，它比你最亲密的朋友还要亲，它就像你的另一部分，一个真实的你。"

如果你好像我的另一部分，那么你应该与我共用我的名字。如果那部分是真实的我，就不该叫你"耐心"。叫你"不耐烦"会更诚实，也更真实——简便起见我觉得最后就选定"小淘气"②吧——所以亲爱的小淘气，这是你的名字。

你的

梅姆

---

① 位于苏格兰西南极端的康沃尔半岛的海角，也被称为英国的天涯海角。

② 原文为"Imp"，"Impatience（不耐烦）"的简写。

1620年10月16日

五月花号

已航行1840英里

亲爱的小淘气：

　　我想把关于哈米和其他所有人的事都告诉你。哈米是哈米里提的简称。哈米里提·索耶。哈米跟我同龄。她跟我出生在同一天，1608 年 8 月 23 日！现在我们试图查明出生时间。妈妈告诉我，我刚好出生在那天的午夜以后。航程开始前不久哈米的母亲就去世了，因此我们没法问她——而她的父亲，可怜的人，为妻子的死而悲痛欲绝，我们不敢提任何会让他想起她的事。因此哈米的出生时间成了一个谜。

　　我们难道不是注定要做最好的朋友吗？还有其他一些事将我们结合在一起。我们都讨厌纺纱和针线活。我们都敢给对方看自己的刺绣样子，虽然它们有多糟糕就有多糟糕。我们都喜欢词汇，热衷玩词语游戏，好像我们列出一张单子，用各种方法说呕吐的那

17

次。最有趣的是我们给船上几乎每个人都取了绰号。

我们最喜欢的是管迈尔斯·斯坦迪什船长叫"虾米指挥官"，因为他红光满面，长着一头亮红色的头发，小个子的他让我们想起了一只虾米。

哈米和我在抵达南安普敦前素未谋面。她就是在那里上船的。哈米不是圣徒。她是我们口中的"局外人"。那是我们给那些非清教徒的人取的名字。我们也被叫做脱离国教者，因为我们脱离了英国国教。迈尔斯·斯坦迪什也是个"局外人"，还有约翰·奥尔登，马林斯一家，还有可怕的比林顿家，尽管我讨厌把那家人与其他人相提并论。虽然这些人是"局外人"，可我却相信他们都是好人，除了比林顿之外。

我们一共有一百零二名乘客，只有四十多个是来自莱顿的圣徒。剩下有些是来自伦敦和英格兰南部地区的圣徒和"局外人"。"局外人"，好比哈米的父亲理查德·索耶，并非为了信仰，而是有机会创造更好的生活。

我亲爱的母亲和父亲有十分充足的理由：最首要的，就是信仰。在荷兰，安息日于我的双亲而言变成了一种痛苦的存在。因为，荷兰人把它当作一个快乐的日子——用妈妈的话来说就是"恣意嬉戏"。哦，他们先去教堂，然后玩乐。孩子们滚铁圈，大喊大叫，翻跟头。

冬天他们会在安息日在运河上进行滑冰比赛！问题是那不只是安息日。当一个跟我们住在一条街上的英国姑娘嫁给一个荷兰小伙子的时候，好吧，我的父母被深深地震惊了。

我父母之所以决心离开荷兰，全都是为了布莱辛，我的小妹妹。她现在才两岁半，可是大约六个月前当她两岁或不到一点的时候，猜猜她在"妈妈"以后会说的第一句话是什么。"Dank-u"，那是荷兰语中"谢谢"的意思。当时妈妈给了她一些涂了蜂蜜的面包，布莱辛伸出她胖乎乎的小手，说："Dank-u，妈妈。"好吧，就是那么回事儿。仿佛我们亲爱的小布莱辛刚刚说了一句脏话。妈妈差点晕倒。我还记得她盯着小宝宝时脸上的表情。一切都写在她的脸上——眼睁睁地看着她的孩子们嫁给荷兰人，在管风琴的演奏中走向教堂，诞育小主教或诸如此类的人物。

后来没过几个月我们便乘船去往英格兰，现在又来到了这里。我们不仅是圣徒，也不仅是"局外人"，我更喜欢威廉·布拉德福德先生为我们想的词。我们都是新移民。两个晚上前，当他为成功修复主梁做感恩祷告的时候用了那个词。他说："尽管我们各不相同，我们全都是上帝的孩子，我们仅是这片沧海中的一粟，对主而言却珍贵，现在我们都是航海者、新移民，希望得到上帝的怜悯与恩典。"

我喜欢这样想哈米和我自己，不再只是圣徒和"局外人"。因为那两个词将我们分离。最好能找到一个词将我们联结在一起，并且适用于我们两人。这个词就是"新移民"。

这就是我想说的，小淘气。我必须去帮妈妈照顾布莱辛了。

爱你的

梅姆

附言：我有没有告诉过你哈米长着一张多么可爱

的小脸？她发色微微发红，好像肉桂似的。还长着圆润的小脸颊和同样圆润的小下巴。仿佛她全身上下都是圆滚滚的，还被撒上了雀斑。

同一天晚些时候……

亲爱的小淘气：

我今天不得不给你写两封信。我简直难以置信，我那温柔的妈妈竟然对布鲁斯特长老发火了。一段时间以来妈妈总是向父亲抱怨，她觉得威廉·布鲁斯特在描述国王詹姆斯和他那可怕的主教的恶行时，语言过于生动了。

今晚我们在甲板下吃晚饭——刚吃了几口咸牛肉和压缩饼干，布鲁斯特家的小儿子就问了他父亲几个问题，这让威廉·布鲁斯特想起了他大学时代的好友，他们都因为主教们想要保持教堂纯净而被杀害了。

"他们是怎么死的？"男孩问。

"比绞刑更糟糕。"布鲁斯特长老阴沉地回答。我感觉到坐在我身边的妈妈畏缩了。

"他们先是被扔进监狱关了很长一段时间,污秽不堪,饿得半死,后来被带出去吊死了。"

"然后呢……"布鲁斯特家的孩子说。所有的孩子都竖起了耳朵听,可是妈妈在我身边似乎吓呆了,只有布莱辛还在她膝上动来动去。

"然后……"他慢悠悠地说,"就在还剩几口气的时候,他们被砍杀了。肚子切开,肠子拉了出来,还把燃烧的煤炭放进他们的内脏!那就是主教们干的事。单纯的杀戮还不够。"

像块石头似的一动不动坐着的妈妈突然抱着布莱辛跳了起来。

"布鲁斯特长老,"她咬牙切齿地说,"这不是该对孩子们或者任何在座享用上帝赐予食物的人说的话。我们不想让孩子们的睡眠受到噩梦的侵扰。"

周围安静极了,除了船骨发出的咯吱和呻吟,连根针掉到地上的声音都清晰可闻。威廉·布鲁斯特跳了起来,对母亲怒目而视。可是我看见约翰·奥尔登在向她微笑,接着我看见"虾米指挥官"表情严厉地看着布鲁斯特长老。我告诉你,"虾米"自己也会说一些十分精彩的故事。

我觉得妈妈说得一点都没错。我为她感到骄傲，然而一个女人如此畅所欲言，实在非比寻常，闻所未闻。而布鲁斯特长老瞪着她的样子让我惶恐不安，毕竟他是我们在莱顿的绿门圣会的治理长老。我吓坏了，现在或许会有别的噩梦取代他们将那些人吊死和肢解的梦境。我不会忘记，小淘气，他眼中的怒火，以及我的母亲是如何毫不畏惧，大胆地直视他的眼睛。

晚安，小淘气。

爱你的

梅姆

1620年10月17日

五月花号

已航行1890英里

亲爱的小淘气：

风势又凶猛了起来，可是目前为止我还没有反过胃。当好多人在吐，我尽力帮忙的时候，斯坦迪什船长说我看起来"精神抖擞"。我真心觉得或许到最后哈米和我都会习惯轮船的晃动和严重的颠簸，因为她现在精神也很好。琼斯先生说我们俩现在都"不晕船"了。琼斯先生十分亲切，可是其他船员却糟糕透顶。特别是有一个船员尤其鄙俗。他就是管我们叫"呕吐长筒袜"的家伙，经常欺负圣徒，嘲笑我们的祷告，没完没了地诅咒我们。他常说要把我们中的一半扔下船去。还有一个脏话连篇的老水手长。他并没有对我们出口不逊，却对着爬上索具的淘气鬼们大声咒骂。足够让你的耳朵流血，威尔·比唐说。这些水手们如此恶劣，我实在无法想象要如何在强风中爬上索具收帆。

哈米和我，还有威尔·比唐从一个舱口往外看，瞧见两个水手爬上去拉上桅帆。这真是恐怖的一幕，我告诉你，他们必须攀上索具之间的绳梯。这就好像绳子做的梯子——接着他们双手交替地向中桅桁爬去。不久，最糟糕的部分开始了，为了着手调整船帆，他们不得不将身体向着踏脚索荡去。在他们和死亡之间只有空气、几根绳子和呼啸的寒风。他们必须在风雪和雨水中做这项工作，常常还是在漆黑的夜晚。他们在这艘严重颠簸的船只的甲板上方，珍视生命，同时也努力工作。他们随时都会从索具上被抛入深不见底的大海中。

哈米和我刚上船的时候根本不知道什么叫上桅帆什么是后桅。可是威尔，他对帆船上的一切了如指掌。

必须承认这些水手的生活并不轻松。可是他们依然应该对我们友好一些，而不是每次我们呕吐的时候喝倒彩。是的，他们经常那么干！

在这样的颠簸中写字太困难了。可是我应该告诉你一点儿关于威尔·比唐的事。他是塞缪尔·富勒执事的仆人。富勒执事也是我们的外科医生，他做了许多手术，而威尔则在一旁帮忙。可是威尔却说这让他恶心，他不得不努力睁着眼睛，因为他无法忍受血淋淋的场面。哈米和我觉得他是最棒最聪明的小伙子。说话好听，而且常常帮助带着婴儿的女人。他既温柔又冷静，会那么多跟宝宝们一起玩的手指游戏。布莱辛就很喜欢他。他比哈米和我大几岁，可是我们有一样的喜好，他也喜欢我们的词语游戏，尤其是我们发明的绰号。停笔前最后一句话：猜猜"舱底污水"是谁，也就是我们有时候提到的"舱底"？明天我会揭晓他们的真实身份。

爱你的

梅姆

1620年10月18日

五月花号

已航行1900英里

亲爱的小淘气：

风暴平息了，于是我才动笔，可是我却并不相信风暴结束了。这场风暴来势汹汹，不会这么快减弱。

"舱底污水"们——如我承诺的：威廉·布拉德福德告诉我父亲他们是他遇过的最粗俗的人家。孩子们既任性又邋遢。他们不但小偷小摸，还虐待船上的两条狗——好吧，不是大獒犬，而是属于一个乘客的那条西班牙猎犬。哈米和我正等着他们被咬呢。你可以从那些虐待狗狗的孩子们身上知悉他们的某些性格。那是我们关于"舱底"家的孩子们获得的第一条线索。除此以外，他们经常往不该看的地方偷窥——包括我们的衬裙下面。有一天，哈米和我正坐在几个桶上，这时候约翰·奥尔登走过来检查这些木桶，接着他突然一把将躲在木桶旁的绳子和帆布底下正抬头盯着我们裙子瞧的小弗朗西斯提了起来。约翰·奥尔登给了他狠狠一巴掌。我听到又起风了。我现在要快点写。

这里一共有三十个孩子，最小的尚在襁褓。有些来自英格兰，有些是像我们一样来自荷兰的圣徒。有些像威尔·比唐一样，更多的孩子则是孤儿，作为仆人跟随别的家庭远行。还有普里西拉·马林斯，不过她已经十八岁了。虽然哈米和我喜欢普里西拉，觉得她是最漂亮的姑娘，可她其实已经不是孩子了。我们叫她飞燕，那是飞燕草的简称，因为那是我们最喜欢的花，而她长着一双湛蓝的眼睛。

有一个孩子是我在船上最喜欢的，那就是威廉和桃乐茜·布拉德福德夫妇的儿子。他们深怕他在这场浩劫中遭遇不测，计划晚些再去接他。当我们离开荷兰出发去南安普敦的时候，船上的人都被这个在码头上看着父母亲乘船离去的男孩那恐惧的哭声弄得揪心不已。没有人会忘记深深刻在桃乐茜·布拉德福德脸上的悲伤。在整个航程中她几乎一言不发，情绪比哈米的父亲更忧郁。我不知道，要是母亲和父亲把我和布莱辛扔下，我该怎么办。我觉得我宁愿死。

现在必须停笔了。风暴又势头凶猛地回来了——可是我不觉得反胃。

爱你的

梅姆

1620年10月21日

五月花号

亲爱的小淘气：

主赐予……主又夺去，然后又如此循环往复。这是对昨天依然肆虐的风暴最好的总结。起初，约翰·豪兰被风吹下了船。他当时上了甲板，一下子被冲了出去。在此之前几分钟，他被一只船钩拖住了，可是船长报告说他在此期间没入了水下几英寻①。然后，上帝却把他还给了我们！正当他在巨浪里打转的时候，霍普金夫人瘫倒在地，开始阵痛，她的孩子早产了。她整夜呻吟，却生下了一个快乐的小男婴，虽然出生在狂暴的风

————————

① 英寻，海洋测量中的深度单位，1 英寻约为 1.8288 米。

28

声中，看上去却毫发无伤。举个例子，我发现继风暴的
嘶吼之后，他的号啕大哭是最悦耳的声音。

在此期间，那个最趾高气扬、鄙俗不堪的水手，就
是那个管我们所有人叫"呕吐长筒袜"的人开始吐起血
来。清晨时分他死了，人们把他的尸体带到甲板上，将
他抛出了栏杆。一个曾威胁要将我们半数的人扔下船的
男人却成了第一个身体力行的人，这难道不够怪异吗？

我不知道他们要给新生儿取什么名字？

晚安。

爱你的

梅姆

1620年10月23日

五月花号

已航行2160英里

亲爱的小淘气：

霍普金夫妇决定给宝宝取名俄克阿诺斯①。我觉

---
① 希腊神话中的海洋之神。

得这是个好名字，可是我不确定要是我出生在这艘船上，我会不会更喜欢大西洋这个名字。大西洋会发出冲刷船体的狂风巨浪的声音。而这个婴儿并非出生在一片宁静之中，而是降生于强大的大西洋狂风中。就在我书写的时候，他正拼命大哭。

爱你的

梅姆

1620年10月24日

五月花号

已航行2210英里

亲爱的小淘气：

风暴正渐渐平息，可是我却被各种杂事弄得六神无主，忧心忡忡。或许列张单子会有所帮助。我一点都不喜欢潜伏的恐惧落下的阴影。我要把它们放在亮处。

1）我一点都不喜欢布鲁斯特长老看妈妈的眼神，当时她正在准备我们今天的晚餐。我相信他还在为她让他小心说话一事生气。

2）哈米的父亲索耶先生一天比一天更忧郁。这让哈米十分难受。他从不跟她说话，我肯定她像他一样思念自己的母亲。

3）亲爱的威尔·比唐看上去糟透了，当我从他身边走过时，我发现他竟然这个时候还在睡觉，而且看来烧得厉害。

这就是我所担忧的事。

爱你的

梅姆

1620年10月27日

五月花号

已航行2340英里

亲爱的小淘气：

威尔·比唐真的病倒了，哈米和我不明白为何富勒执事不给予他更多的关注。我们替他拿水，努力让他吃下一片饼干或者一口燕麦粥。有时他几乎神志不清,大声呼唤着他的妈妈。富勒一家究竟为什么不能多陪陪他?他可是他们的仆人。哈米和我却不在乎。可是我们竭尽所能,却似乎无济于事。毕竟,富勒执事是个医生,而且他们是上等人。我对哈米说,我打算去找执事,为威尔求一服药,能让他好好睡一觉,这些可怕的噩梦谵妄似乎将他攫住了。

爱你的

梅姆

1620年10月28日

五月花号

已航行2400英里

亲爱的小淘气:

我简直气疯了。我去找富勒执事,为威尔·比唐求一剂药,可他却说他只剩下一点儿药了,除了发生紧急情况,不然不能分给别人。这就是紧急情况,我想,可我不敢这么说,因为我知道孩子们无论如何都不能顶嘴。因此我只是小声嘀咕,对自己感到失望。

"好吧，威尔病得很厉害，发烧的时候出现了最可怕的幻觉。"

猜猜那个讨厌的男人是怎么对我说的？"粗鄙之人才会见到粗鄙的景象。这跟发烧毫无关系。"我目瞪口呆。他曾经医治过那个几天前死去的可怕的水手。难道他把我们亲爱的威尔同那个咒骂我们大家、威胁要将我们扔下船的男人相提并论吗？我一声不吭，却在心里思忖。或许这个身为执事和外科医生的男人不过是一个屠夫。我很明白这一点：威尔·比唐并非粗鄙之人，他的精神错乱就是发烧引起的，无关其他。

爱你的

梅姆

1620年10月30日

五月花号

已航行2530英里

亲爱的小淘气：

我要告诉你一件最保密的事，我只信任你。哈米和我决定，要是今晚威尔依然没有好转，我们就把药偷来。看着威尔受罪真是最可怕的事。他几乎已经不认得哈米和我了。他如此孤独地深陷在他的恐惧之中。

爱你的

梅姆

1620年10月31日

五月花号

亲爱的小淘气：

好吧，感谢上帝我们不用去偷药了。船上还有一个外科医生，注意，他不是圣徒，是个我们此前从未留意过的人。他叫贾尔斯·希尔。可是在经过可怜的威尔简陋的床铺很多次以后，他越来越关心他的情况。我观察了他。于是最后我走上前，问他是不是有药物可以缓解威尔因发烧引起的梦魇。哈米几乎不敢相信，因为她知道我们圣徒似乎对他退避三舍，她后来还告诉我，当我跟贾尔斯·希尔说话的时候，布鲁斯特长老用怪异的眼神看着我。可是这个好医生说他确定自己有药，而他还以为富勒执事一定会给他服药的。当我告诉他事实并非如此的时候，他立刻拿来了他的背包。

然后，你相信吗，小淘气？老执事出现了，并且说："你在对这个男孩做什么？那是我的病人。"贾尔斯·希尔只是神态自若地回答："我在做两天前就该做的事，先生。我正在给这个男孩服药，在他的热度把大脑烧出一个洞之前。"尽管执事态度虔诚，理由冠冕堂皇，这个淳朴的"局外人"却更知道何为道义。这个好人的名字正是他努力所做的——治愈，我喜欢这个涵义。

爱你的

梅姆

1620年11月4日

五月花号

亲爱的小淘气：

我不知道威尔会怎么样。他今天只握了一下我的手，哈米则一次都没有。我满脑子都是可怜的威尔。这趟旅行实在太过漫长，可如果这意味着他的生命将延续下去，那么它可以永远都没有终点。

爱你的

梅姆

1620年11月5日

五月花号

亲爱的小淘气：

哈米和我都已经好几天没上甲板了，所以我不知道我们到底走了多远。我们整天只围着威尔的地铺转。我们在他旁边吃饭，对食物也毫不在意。我们睡在他的身边。我太熟悉他的脸了。我知晓在他颤动的眼睑下的每一条纤细的蓝色血管。我知晓他的暗金色头发是如何呈反 S 形从太阳穴上垂落的。

爱你的

梅姆

1620年11月6日

五月花号

已航行2800英里

亲爱的小淘气：

今天半夜，就在几分钟前，威尔死了。

爱你的

梅姆

1620年11月6日，写于黎明时分

五月花号

已航行2835英里

亲爱的小淘气：

北纬43度，距英格兰2835英里。我永远不会忘记那些数字。威尔就在那里。那是他们将他可怜的身体滑下船舷的地方。要是我们有花，哈米和我一定会将它们抛出去好做个标记。可是我们没有，于是我们用一把刀将各自一条余下的连衣裙的褶边割开，我的是红色的，哈米的是蓝色的。我们裁下布条，就在这时飞燕看见了我们的举动，她就在那儿，接着坐下来，用刀割开了自己的裙子，就是她身上穿的那条。我们将这些布条和我们贴身衬裙上的一些白色布料编织成一条彩辫。当他们把威尔送上甲板的时候，当祈祷开始的时候，随着海水淹没亲爱的威尔·比唐的头颅，哈米和我一起将这条辫子扔进大海。

哈米和我不想走下甲板。我们再也无法面对那个充满恶臭的漆黑空间，那里空气凝滞，不断传来比林顿家的争吵声；而富勒执事的存在也会永远让我心生恐惧。可是最重要的是我们觉得我们不得不照顾威尔。我们不得不看着那片他葬身于此的海洋。我们不得不看着他在这片广袤无垠的大海上度过死后的第一个夜晚。

我说完了，亲爱的小淘气。我悲痛欲绝。现在我必须为我的信仰而战；我坚信尽管威尔·比唐在这个世界上如此孤独，可他身处于现在去往的另一个世界时会永远被舒适和爱所包围。

妈妈为我和哈米拿来了饼干和咸牛肉。咸牛肉！今天并不是开荤的日子。我们全都心烦意乱极了！可是妈妈似乎理解我们心里的所思所想，她摸了摸我们俩的脸——她的手在哈米的脸上多逗留了一会儿，仿佛她感觉到或许因为她父亲的忧思，哈米需要更多的关怀。她对我们说，只要风平浪静，我们现在可以在大艇的甲板上睡觉。她会用装在火煤箱里的燃烧的煤炭为我们暖床，再多给我们几条毯子。这让我们稍微安慰了一些。已经过了那么久。我们一定快到了。至少水手们是那么说的。

爱你的
梅姆

1620年11月7日
五月花号
已航行2850英里

亲爱的小淘气：

"舱底污水"男孩们这回真的遇到麻烦了。他们企图把船上的猫淹死在一桶水里。他们胡扯说只是给它洗个澡或类似教它游泳之类的。琼斯先生揍了他们！他说那只猫比他们两个人加起来还值钱，船上要是没有一只好猫，老鼠就会肆虐。因此他现在命令每个男孩每天捉一只老鼠，直到旅程结束为止。他说他相信这项惩罚恰如其分。然而，想到那些男孩追踪老鼠的场面，我又心烦意乱起来，因为我总觉得他们会用老鼠搞些恶作剧。

爱你的

梅姆

1620年11月8日

五月花号

已航行2900英里

亲爱的小淘气：

哈米和我喜欢睡在甲板上的大艇里。这里的空气要比下面清新得多，所有的声响也不一样。威尔死后的第一晚我们就睡在这里，两个人挤作一团，抱头痛哭。他精巧地画在自己手上的那些小脸一直萦绕在我的脑海中。我不知道它们能在海水中维持多久，或许会出现一条鱼，在威尔·比唐的手指上发现一个故事。威尔像哄小孩一样对鱼儿甜言蜜语的想法虽然愚蠢，却让我感觉好多了。

我觉得自己在大艇上进入了一个全新的世界，说也奇怪，我觉得自己离威尔·比唐更近了，因为这是他曾睡过的地方，而现在我知道他懂得那么多关于轮船和航行的事。

大艇就被存放在瞭望台下的前甲板后面，那里是瞭望员站岗的地方。可是我们的视野却很开阔。上层甲板是船员们生活的地方，他们的厨师有一个自己的厨房。船长的单间卧舱在尾楼甲板上，可是他慷慨地将这间船舱以及统舱里船员们的舱室同布鲁斯特长老夫妇、布拉德福德一家之类的重要人物共享。

可是船上最至关重要的人物则是驾驶轮船的舵手。然而，舵手从他的位置却看不见前进的方向。密切注意罗盘、向舵手高喊航行方向的是甲板上的船员。于是这些可爱的单词装饰着每个白天与黑夜，那是命令——"稍微向右转舵""满帆顺风""抢风行驶""现在稳住"。

而现在除了这些悦耳的词汇以外，哈米和我能清晰地听见铃声，那是换岗的信号。

然而，睡在外面最棒的时刻就是黎明时分。威尔死后的第一个早晨，天空现出粉色、灰色和一抹蓝色。就好像我们为威尔编织的那根布条浮上了天际，与云彩缠绕在一起。

爱你的
梅姆

1620年11月9日
五月花号
已航行2950英里

亲爱的小淘气：

"登陆！"来自瞭望台的这声呼喊打破了黎明。哈米和我一下子睁开了眼睛。我坐起来的动作太快，撞到了脑袋，眉头鼓出了一个包。可是我们都匆匆忙忙地跑了出去。怀抱着不敢相信的心情，我们在黎明暗淡的光线中睁大了眼睛。我们几个人挤在围栏旁边。它首先映入了水手们的眼帘，地平线上一道模糊的黑线。他们的眼睛受过训练，能在无尽的海天之间捕捉到这些特征。可是在花了几分钟用我们自己的眼睛搜寻地平线后，哈米和我也看到了一模一样的景象。

我们紧握着彼此的手，几乎不敢呼吸，可是随着时间一分一秒地过去，这条线变得越发清晰了起来。这不是在做梦，是真的。我们用了六十五天，终于来到了这里。这里就是新世界，它第一次闯进了我的眼帘。我热泪盈眶，哈米和我转身，用力拥抱彼此，并且都想到了我们亲爱的威尔，他正躺在这片海底。可是哈米却轻声对我说："梅姆，他现在在天堂，他的眼中映出了上帝的光辉，他又跟他的母亲团聚了。"

哈米的这些话帮了我俩，我们转身从这片广袤又可怕的大海的彼端又看了一眼新世界。

新世界

1620年11月9日，夜

科德角海湾

亲爱的小淘气：

虽然还是同一天，不过我现在开始写日记的第二部分。我相信旅程已经结束，新世界的部分开始了。可是我一定要告诉你，我们对这里的一切大吃一惊。这里不是北弗吉尼亚，哈德逊河遥不可及。琼斯先生觉得它应该在现在的纬度往南不超过十里格①的地方。不，我们似乎错过了北弗吉尼亚，航行到了一个叫做科德角的地方。就在几个小时前，船长依然决定向南航行，冒险将五月花号驶进了某片危险的浅水区。潮汐猛烈地撕扯着浅滩，现在则冲我们而来。海风失去了活力，黑暗正在降临。我们能听见波浪的咆哮，这是最可怕的。船长、约翰·卡弗、布拉德福德先生和我父亲，以及大副被叫去商讨对策。结论是被困在浅

---

① 里格，长度单位，1里格等于3.18海里，但在海洋中通常取3海里，相当于4.8公里。

滩和破碎波中的危险确实太大，我们必须放弃驶向哈德逊河的计划。于是我们调转方向，向科德角返航、抛锚。

父亲带着我和哈米来到甲板室，那里是保存所有航线图和绘制路线的地方。克拉克大副向我们展示了一张这一部分新世界海岸线的地图，那是约翰·史密斯船长于六年前，即 1614 年的航程中绘制的。当时史密斯从北弗吉尼亚沿海岸线进行了一次航行，并将这片地区称为新英格兰。科德角这个名字是水手们取的，因为这里的水域充满了鱼类。它好像一只极长的瘦胳膊晃荡在海湾周围的水面上。现在我们就在胳膊肘的地方，感觉惬意极了，我们的船稳稳地漂浮在海面上，月光犹如银色的溪流般从云朵间倾泻而下。一整夜，哈米和我都兴奋地喃喃低语："我们在新世界。这就是新世界！"

晚安，小淘气。

来自新世界的爱

梅姆

1620年11月10日

科德角海湾

亲爱的小淘气：

　　我一边写一边观察——一群鲸鱼！它们围着我们的船轻柔地嬉戏。它们的个头不如我们听说的大，长度不超过二十英尺，我们都觉得它们太小了。它们通过喷水孔往外喷水，它们潜入水中，间或翻个身，那模样仿佛向上瞟我们一眼，好好看看我们似的。有一条游得离我们特别近，它转动身体，视线恰好落在我的身上。我近距离地凝视着它，找到了它深深地长在皮肤皱褶里的眼睛，那是一双充满智慧的眼睛，像极了人类的眼眸，一点都不像鱼的眼睛。

　　天气清澈而寒冷。我们深深地依偎在海湾中，能看见雪白的沙丘和在其后拔地而起的缓坡。毫无疑问，有许多关于羽毛人的谈论。迈尔斯·斯坦迪什和布鲁斯特长老花了大量的时间计划如何抵御他们。传说会变得越来越疯狂。可是比起羽毛人，下面的争吵更令我不安。哈米刚刚去下面拿了些东西，回来的时候向我报告了正发生在来自莱顿的圣徒和一些"局外人"之间的一场激烈争执。

同一天晚些时候……

妈妈刚刚带着布莱辛从下面上来，说她无法忍受"咆哮声"。她向我们描述了一场暴动。我们走了那么远，现在怎么能打架呢？然而似乎由于我们的船长在航行上出了严重差错，把我们带到了这里而非北弗吉尼亚，于是我们便待在了专门授予我们的地区之外。用妈妈的话来说，这就意味着一旦我们上岸，便在某种意义上成了法外之徒。一些"局外人"不愿加入我们，却想要获得免费许可。这些造反的"局外人"声称在新英格兰没人有权命令他们。

妈妈说，可是这会造成可怕的后果。因为为了所有人的利益，在这样一片野蛮、荒凉的陆地，我们必须同心协力。她说威廉·布拉德福德正在下面发表一场热情洋溢的演说，并且在纸上潦草写下某些能在某些方面取悦各方的文字或协议。她说在她看来这是一个极其困难、几乎不可能完成的任务，可是她信任布拉德福德先生。

我好想上岸，可是妈妈说在一切尘埃落定之前肯定不行。

差不多写完了，小淘气。让我们希望在上帝的帮助下，圣徒和"局外人"会找到出路。

1620年11月11日

科德角海湾

亲爱的小淘气：

上帝保佑布拉德福德先生。他同那些人达成了一致。他们签署了一张被叫做公约的表格——《五月花号公约》，约定所有人，无论圣徒还是"局外人"，都应结为一体，协同并服从由一个待选的管理者领导的政体。接着他们选择约翰·卡弗为地方长官。我不明白为什么他们没有选布拉德福德，可是卡弗是个好人。

事情解决了，人们可以开始上岸，进行探索。我感到无比自豪。我亲爱的父亲被选中同先头登陆部队一起出发。现在有十六个人出发了，他们为了获取一些木材和仔细查看陆地而全副武装。"舱底污水"男孩们气坏了。他们也想去。我们当然都恨不得想要下船，亲眼看看。我迫不及待地想要听听父亲会带回什么消息。今天我可能等他回来以后会再写。

爱你的

梅姆

后来……

父亲还没回来。可是人们依然在咆哮和争吵，因为当他们凝视陆地时全都觉得自己被拘禁了。"舱底污水"夫妇近午时分爆发了激烈的争论，妈妈用手捂住我的耳朵，这样我就听不到比林顿太太冲她丈夫尖声叫嚷的脏话了。后来我觉得他用更糟糕的字眼喊她，可是妈妈用足了力气，把我的耳朵都弄疼了，我什么都没听见。要是我的耳朵受伤了，都得怪"舱底污水"家。他们是最卑鄙的一家人。

妈妈说她为桃乐茜·布拉德福德感到担心，她那么沉默寡言，而且妈妈害怕她正越发思念小约翰了。

爱你的

梅姆

1620年11月12日

科德角海湾

亲爱的小淘气：

我太激动了！昨晚父亲在晚餐以后回来了。他们带回了木材，其中最好的是芳香馥郁的杜松木。父亲为我切下一小枝，我打算睡觉的时候把它放在我的脑袋旁边。除此以外还有各种各样的树木——桦木，冬青，松树，黄樟，胡桃，橡木——都是些小树，所以搬运起来十分容易。他说我们从船上凝望的那片大陆其实只是九牛一毛而已。

父亲和先遣部队的男人们并没有遇到印第安人。大家似乎都松了一口气，可是我不得不承认我有点小小的失望。

今天是安息日，人们既不上岸也不会干活。然而，明天，我们全都要上岸去。女人们要去洗衣服，因为那将是大斋节前的最后一个星期一！想象一下在新世界洗衣服！我是不是太傻了？我从没想到洗衣服会变得这样激动人心。我睡不着觉，迫不及待地期待着星期一的到来！

小淘气，我打算把你塞在杜松树枝底下。睡个好觉！

爱你的

梅姆

1620年11月13日

科德角海湾海滩上

亲爱的小淘气：

我在这个无比美好的早晨用片刻时光与你短聚。一早，我们在斯坦迪什船长组织的武装警卫的护送下上了岸，我们做的第一件事就是跪在沙滩上，感谢上帝。接着所有的女人开始洗刷成堆的衣物。可是我们小孩却因为脚下的沙子激动得欣喜若狂，于是我们围绕着浪花留下的泡沫疯跑起来。

我们迎着风,一气奔上附近的沙丘!没有一个大人出言责骂,我猜他们觉得我们需要这么做。于是我感谢上帝我是个孩子,尽管昨晚我还觉得在新世界洗衣服是最美好的事,可我先得跟哈米再一次跑下海滩,在微风中大声呼喊。

比林顿家的男孩们发现了几根浮木,开始举着它们追逐年幼的孩子们。当他们跑到船长和男人们正在修理的小舟附近的时候,船长收走了木棍。他甚至威胁说,要是他再看见他们用他所谓"来势汹汹"的样子举着木棍的话,他就要揍他们一顿。男人们十分努力地埋头于小舟的修复中,因为睡在里面的人太多,小舟身上出现了许多裂缝。小舟是用来探索海岸线最理想的船只。因此以最快的速度将它修整一新十分重要。爸爸也在一旁帮忙。他对用整修刀翻新部件十分擅长。

后来……

哈米和我现在已经安定下来专心跟女人们一起

洗衣服了。可是我们连同其他几个孩子发现了几处潮滩，那里有许多令人惊异的贝壳。我们计划去收集许多蛤蚌和贻贝，因为我们大家都渴望吃到新鲜的食物。那里有各种不同种类的蛤蚌。

爱你的

梅姆

附言：唯一一个既没有大喊大叫也没有奔跑的人是玛丽·奇尔顿，就是我们喊她"朝天鼻"的那个，因为她自视甚高。她也没有帮忙洗衣服。好像她太完美了，既不适合工作也不适合玩耍。

1620年11月14日

科德角海湾

亲爱的小淘气：

实在没法写日记。我们全都因为腹泻病倒了。都是贻贝害的！还好父亲幸免了，因为他明天要进行第一次大规模的探索之旅。小舟还没有准备就绪，于是他们将步行前往。

爱你的

梅姆

附言:"朝天鼻"从未如此低声下气。全都拜腹泻所赐。这是一次使人谦虚的经历!

1620年11月15日

科德角海港

亲爱的小淘气:

现在我感觉略微好点了。父亲一大早就出发了,可是哈米和我还是设法起床为他送行。我们听说进行第二次探索行动的男人们如果真的遇到羽毛人的话,将向对方赠送礼物。这令我激动不已,我对哈米说,想象一下印第安人拥有某些我们制造的东西,这难道还不够奇妙吗?她十分赞同。当我们设法用丝带装扮三只玩偶的时候还在生病呢。它们的样子着实可爱。就连布莱辛想尽办法要吃的那只也不例外。这孩子还是那么贪吃——每样东西都被她放进嘴里。我们必须小心看管她。

父亲会离开几天，我迫不及待地想要听听他的所见所闻。

你那十分没耐心的

梅姆

1620年11月16日

科德角海港

亲爱的小淘气：

我们全都大吃一惊。我们还能活着实在太幸运了。你永远也无法相信最近在我们身上发生了多么令人毛骨悚然的事。比林顿家的男孩们差点炸了五月花号！他们现在已经快被揍死了，这回动手的是他们自己的父亲。我不知道他们会不会再干坏事。

事情是这样的。自从我们抵达以后，他们一直百无聊赖，脾气暴躁。似乎他们觉得自己应该被纳入这些探索行动之中，于是变得越来越不守规矩。当然，没有一个父母愿意我们跟这些出口成脏、一肚子坏水的小男孩待在一起。于是他们简直无法无天起来！

在船上闲逛的时候他们发现了一些羽毛管，就是用来点燃诸如大炮之类东西的那种。他们带着这些东西，想办法闯进了存放船舶用品的地方，偷了一些火药，把它们塞在羽毛管里。然后——这可怕的主意还真是聪明绝顶——他们弄到了些绳子，把它埋在硝石里，这样它就易燃了，也为他们提供了导火线，接着便砰的一声炸飞了羽毛管。请注意，爆炸的威力并不大，因为羽毛管里的火药并不多。伴随着嘶嘶声和砰的一声，会出现一道低反射弧。可是猜猜他们是在哪里干的——就在一桶桶火药旁边！只要一不当心，就会把整艘五月花号都炸成碎片！感谢上帝，是哈米的父亲理查德·索耶发现了他们。要说这件事会带来什么好处，或许就是索耶先生似乎没那么郁郁寡欢了。他的眼里多了些神采。也许差点把一个人的脑袋炸飞会让他重新燃起对生活的激情。

爱你的

梅姆

1620年11月18日

科德角海湾

亲爱的小淘气：

今天黎明时分父亲回来了，他肯定有一肚子的故事要告诉我！而且即便在这个蛮荒之地，他还是从新世界给我带回了礼物——一小瓶新鲜泉水和一颗印第安彩珠，他真的对我太好了！

三天前出发时，他们沿着海滩走了一段时间，接着转向内陆，才走了不到一英里便首次发现了羽毛人。男人们试图跟随印第安人，可是印第安人很快就失去了踪影。在接下来的十英里路程中，男人们依然试图跟随他们的足迹，可是后来夜幕降临，他们不得不寻找过夜的地方。第二天一早他们准备继续艰苦跋涉，偶然间邂逅了一汪泉水——这是自离开英格兰后他们尝到的第一口淡水。我父亲说那是他此生喝过的最甘甜的水。他送给我的那一小瓶泉水就是从那里取的。我虽然只喝了一小口，却十分赞同。它是最美味的。

现在他们休整一下，向南出发，经过了许多黄樟和橡树。父亲真的给妈妈带回了一些黄樟树根和树皮，这对各种小毛小病都有不错的疗效。没过多久，他们便发现了一条径直通向一处神秘沙丘的小路。就是在这条路上，父亲找到了我的第二样礼物，彩珠。

他们继续穿过果实累累的胡桃树林，遇到了另一处沙丘。他们着手挖掘，竟然发现了一大篮五颜六色的玉米——有黄的，有红的，有蓝的。他们能拿多少就拿多少，并且感谢上帝将玉米赐予他们。

最后他们回到我们的海滩，发射步枪，以此为信号表明他们在这里，船长便用大艇将他们接回。因此现在我拥有了天才新世界印第安珠子和一小瓶最甘甜的清水，我这辈子再也不会喝哪怕一小口了！

爱你的

梅姆

1620年11月21日

科德角海港

亲爱的小淘气：

哈米和我好无聊，好无聊，好无聊！我们都快被无聊逼得尖叫了，可是别担心，我们可不会把船炸飞。可是，我们整日在船上打发时间。迈尔斯·斯坦迪什对女人和孩子们上岸有极其严格的规定。他十分畏惧这些羽毛人。在我和哈米看来，要是他们没有发动攻击或者引发某种骚动的话，大家都会失望透顶的。可是那并不是我们被禁止上岸的唯一原因。除非涨潮，不然从海港上岸或返回都会十分困难。人们总是不得不涉水而过，搞得浑身湿透，于是现在很多人都得了感冒和咳嗽。男人们依然在修理小舟。

爱你的

梅姆

1620年11月22日

科德角海港

还是百无聊赖，没什么可写的。

1620年11月23日

科德角海港

更无聊了。

1620年11月24日

科德角海港

亲爱的小淘气：

有人会死于无聊吗？

爱你的

梅姆

1620年11月26日

科德角海港

亲爱的小淘气:

　　小舟差不多修好了。有传闻说男人们正要启程开始第二次探索。我希望自己是男儿身。我希望自己是一只飞鸟。我希望自己是一头鲸鱼。只要能离开这条船,变成任何东西都可以。

　　桃乐茜·布拉德福德正在自言自语。好吧,其实不是对她自己说,更像是在对小约翰·布拉德福德说话。哈米和我都听见了。要是你恰逢她念念有词的时候突然出现在她面前,她会吓一大跳,并且设法掩饰。可是就在今天早上哈米和我看见了她,而她并未发现我们。当时她正盯着一只大木桶说个不停,你几乎可以断定小约翰·布拉德福德就坐在木桶上。我为她感到难过。

　　　　　　　　　　　　　　爱你的

　　　　　　　　　　　　　　梅姆

1620年11月28日

科德角海湾

亲爱的小淘气：

包括我父亲在内，三十四个男人今天出发了。一部分搭乘小舟，其余的人坐着大艇，将对附近的流域进行一次更加彻底的探索。天气糟透了，刮了一整天侧风，我们无法确定他们能走多远。有人说我们压根不应该在靠近这处海滩和海港的地方停留，因为海港水深太浅，不利于船运。据说第二次探索行动的真正目的是寻找另一个停泊的地方。

他们应该会离开几天，因此我们必须再一次耐心翘首以待。

爱你的

梅姆

1620年11月30日

科德角海港

亲爱的小淘气：

男人们比预料的提早回来了，万岁。事实上他们确实坐着小舟找到了一大一小两个河口，以及周围的溪谷。父亲说他们回到了原先发现玉米的地方，又找到了更多的玉米，还有豆子，他们把这些东西都带了回来。他们现在管这个地方叫"玉米坡"。父亲和所有男人都说发现玉米是上帝特别眷顾的象征，从而显示他施与我们这些可怜灵魂的巨大恩赐，并且提供了来年种植用的玉米种子。现在能找到真的太幸运了，因为很快土地就会冻住，被白雪覆盖。

无论男人们何时靠近，印第安人似乎总是在被察觉前消失得无影无踪。哈米和我为此失望极了。我们期盼着有人能完整详细地描述羽毛人的样子。他们到底是如何穿戴羽毛的？自从我们听说他们习惯于赤身裸体地四处走动，便无比好奇。

　　然而，探索者们却发现了一种新的印第安人住所，它由围成圆环的大树枝搭建而成，两端扎入地下。建筑物的内部由小一些的树枝编制而成，整座屋子被编织的草席和一片片树皮覆盖。他们在屋子里发现了由包括蟹壳在内的各种材料做成的琳琅满目的可爱篮子。在附近的树洞里他们找到了大量的鹿肉。他们随船带回了一些。我希望他们能带回一整间树屋。爸爸倒是将哈米和我做的丝带玩偶留在了那里，一想到这些印第安人看见这些可爱的小娃娃，我们便满心喜悦。

　　此刻就我们是否应该留在这里，正进行一场大规模的讨论。冬天就快来了，受气候的制约，我们无法再扩大探索范围。

　　我不知道自己是怎么想的，小淘气。当然，也没有人征询我的意见。我只想离开这艘船，在岸上睡觉，头上有个屋顶。但最重要的是，我希望我们能在新世界拥有一片自己的家园。

　　晚安，亲爱的小淘气。

爱你的
梅姆

1620年12月3日

科德角海港

亲爱的小淘气：

一直没写是因为无事可记。关于是否应该组织第三支探索队伍出发寻找另一个可能的安居地的讨论尚无定论。据说在海岬的另一边有一个十分理想的海港。随着冬季日益临近，他们必须尽快达成共识。

许多人都得了感冒和咳嗽。我担心妈妈。她看起来那么消瘦，她咳嗽的时候我听到她胸腔里发出的呼呼声。

爱你的

梅姆

1620年12月5日

科德角海港

亲爱的小淘气：

决定了。男人们明天就要出发，向北航行。天气变得寒冷又潮湿。我发现索具上结的冰让吊索看起来就像玻璃做的似的。

哈米和我觉得飞燕爱上了约翰·奥尔登。否则她不会热衷于木桶修理技术。只要他去检查水桶和啤酒桶，她一定陪伴在侧。

爱你的

梅姆

1620年12月6日

科德角海港

亲爱的小淘气：

男人们，包括父亲在内，今天早晨坐着小舟启程了。尽管为他又一次入选感到自豪，然而当这十个男人在恶劣的天气中出发的时候，妈妈和我还是不免担忧。大雨倾盆而下，无论落在什么东西上便即刻结成了冰，我能看见父亲的外套和帽子好像索具一样闪烁着微光。除了寒冷，身上的衣物一定也变得很重。狂风呼啸之下，不难想象灾难正降临在小舟上。而任何结了冰的男人都会像块石头似的下沉。我祈祷他们平安无事，快些回来。

    我跑到甲板下面，设法用威尔教我的一些手指游戏逗布莱辛。可是我不如威尔聪明，手指也不够敏捷。

爱你的
梅姆

1620年12月7日
科德角海港

亲爱的小淘气：

    今晚第一个新世界宝宝在这里出生了。午夜前不久佩里格林·怀特降生了。他真是一个可爱的小家伙，长着乱糟糟的浓密黑发，他是我们的第一个新世界宝宝！

爱你的
梅姆

1620年12月8日，午夜

科德角海港

亲爱的小淘气：

发生了一场可怕的事故。桃乐茜·布拉德福德死了。12月7日午夜前一刻，她的尸体从水里被拉了上来。她在表面结冰的上层甲板滑倒了，跌入水中。最糟的是，我当时也在上层甲板，要是我更警觉一点儿或许就能救她。这个可怜的女人因为太过思念她亲爱的儿子而精神涣散，于是便没有留神，而身处于停泊在冬季大海上的船上，人们必须时刻当心。

我之所以会上来，是因为我觉得有点反胃，心想着寒冷刺骨的空气或许会有帮助。那个夜晚出奇地漂亮。自从冰雪降临，将一切覆盖，已经很久没有出现如此漆黑一片的夜空了。尽管月亮只露出了四分之一的脸，夜雾弥漫，冰雪却捕获了所有的光亮，连雾气泛出的白色也不例外。这让我们的甲板在一段时间内始终萦绕着朦胧的光晕。借着月亮在结冰的索具上反射出的微光，我注意到在面海的栏杆上有东西在动。起初我以为是个水手，便没有放在心上，可是后来我听到了一声抽泣。我知道那是桃乐茜·布拉德福德，因为我以前听她发出过这种声音。她当时正靠着栏杆向前移动，而我能清楚地看见她因为哭泣而颤抖的背影。我问自己是否应该走过去设法安慰她，可是我犹豫了，因为对一些伤心欲绝的人来说，最好还是让他们一个人待着。然而就在我打不定主意的时候，或许我眨了眨眼，我不知道，可是我听到砰的一声，接着很快传来水花飞溅的声音。她滑下了栏杆！这很容易发生。人们必须在结冰的甲板上非常谨慎。我惊恐地跑过甲板，我还栽了个嘴啃泥，磕到了下巴。我尖叫着爬起来，跑向栏杆查看。我看见她的裙子在水面上翻腾。不一会儿，水手和其他人来了。

"有人掉下去了！"

"有人落水了！"

他们放下大艇。这用了几分钟的时间。我不知道究竟有多久。我飞快地逃走了。我不停地想要是我想办法阻止这一切的发生会怎样。这个可怜的女人精神恍惚，从不留意脚下，我应该过去跟她聊聊，可是我太害怕打搅她。而现在她再也见不到她亲爱的儿子了，他也再也见不到他亲爱的母亲了。

爱你的
梅姆

1620年12月10日

科德角海港

亲爱的小淘气：

我不知道当布拉德福德先生从第三次探索行动回来以后会作何感想。可怜的男人。悲伤笼罩着我们的轮船。

我唯一的乐趣就是看着飞燕和约翰·奥尔登在一起。他们那么光彩照人，仿佛与所有的黑暗、怨恨和流言蜚语都隔绝了。一种与众不同的氛围环绕着他们。桃乐茜和威廉·布拉德福德也曾这样吗？爱情如此明媚之时，事情怎么会变得这样糟糕？

晚安，以及爱你的
梅姆

1620年12月13日

科德角海港

亲爱的小淘气:

终于传来了好消息！父亲和男人们昨晚回来了，他们真的发现了一个新地方，比现在这里好多了。他迫不及待地向我们描述这趟旅程和这片新的区域，因为说得太快舌头都快打结了。起初，他们驶进了海岬另一边的一处海湾，他们在那里发现了许多鲸鱼的大个头近亲——被叫做逆戟鲸的鱼类，于是决定给这个地方取名为逆戟鲸海湾。我发自内心地觉得来到这个新世界最大的好处之一就是我们可以变成各地的命名者，而这些词汇丰富多彩，又充满了我们自己的想象力。

一到那里，男人们便分工合作，一些人留在小舟上，一些人上岸去。在上岸的人中就有我的父亲。他们跟随印第安人的足迹，发现了一片很大的墓葬区，可是他们没有挖掘。随着继续前行，他们又发现了印第安人的住处，却空无一人。他们安营扎寨，却又十分警觉，因为虽然没有眼见为实，他们却感受到了印第安人的存在。他们的营地就在海滩附近，原本留在小舟上的人也加入了进来。

第二天早晨，在他们走向海滩的路上，箭突然像雨点一般射向他们！迈尔斯·斯坦迪什最担心的事终于发生了。大多数男人都把武器留在了几码开外的地方。于是他们以最快的速度跑回去武装自己。与此同时斯坦迪什船长用他的燧发枪抵御羽毛人的攻击。接着小舟上的男人们开始开火，可是我们听说他们需要火把来点燃剩余的武器。于是父亲孤身一人从营火中取出一根木材，举着熊熊燃烧的木头跑过海滩。可是这一切并没有让印第安人偃旗息鼓。用父亲的话说，他们"英勇而精力充沛"。

没有人被箭射中，可是最后，其中一个印第安人发出一声猛烈的尖叫，他们全都开始逃跑。男人们一边大喊一边继续发射步枪紧追不舍。他们这么做是为了告诉印第安人他们既不害怕也不气馁。他们将这片战场叫做"首战之地"。而我私下里却觉得这个名字并不适合。我更愿意叫它"火与剑之地",或诸如此类的名字。

　　所有人继续搭乘小舟。海风凛冽,波涛也汹涌起来。可是上帝又一次在涨潮时分将这些人送到了一处安全的海港。一座岛屿出现了,他们在那里寻找栖身之处。尽管海面上散布着岩石,神圣的天意再次引领他们来到一小块沙地,他们在那里抛下船锚。这天是12月10日,星期六。

　　第二天是安息日,他们休息了一天,星期一他们听见了海港的声音,发现这个地方简直完美无缺。接着在岸上他们找到了适于耕种的土地和许多流淌的细流。他们觉得再也没有别的地方比这里更适合我们大家了。他们以几个月前我们从英格兰出发的地方为名,将其命名为普利茅斯。明天我们就要启航驶向我们新的家园了。就是它了,真的是它。

爱你的

梅姆

1620年12月15日

科德角海港

亲爱的小淘气：

今天早晨我们起了锚，可是刮起了一股西北风，而我们的航线又位于西部，因此无法驶向海港，于是很快又返航了。这就好像我们的脸上挨了一记大拳头。我们又一次回到科德角海港。我得说眼前的这片新世界已经开始令人生厌了。

我们明天会再试试。

爱你的

梅姆

普利茅斯

1620年12月16日

普利茅斯海港

亲爱的小淘气：

经过了那么长时间以后，我们终于从那个我已不愿再次提及它名字的地方来到了普利茅斯海港。可现在我先要写写普利茅斯海港，而且我觉得自己永远也不会生厌。因为它比我见过的、听说过的其他地方都更加美丽，这真的是我们的永久定居点。想到我某一天将在这里结婚，繁衍子嗣，年复一年，迈入新世纪，这一切都让人兴奋不已——我如此祈祷。

我渴望上岸。我知道我需要更多的耐心，因为在定居点建造完毕以前，在我们拥有自己的房屋以前，还需要经历一段漫长的时光。

耐心，我必须祈求耐心。

爱你的

梅姆

1620年12月18日

普利茅斯海港

亲爱的小淘气：

现在是午夜后的一分钟。安息日结束了，所以我现在能写日记了。我真的向上帝祈求耐心，可是它并没有出现！事实上，我比从前更不耐烦了。你瞧，毫无疑问，没人能在安息日上岸。于是现在，今天，一支队伍即将登陆。可是只有几个水手和男人。没有女人和孩子。令人沮丧的事不止这一桩，人们关于该在何处修建定居点争论不休——靠近海湾，理想的钓鱼点附近，还是最佳种植区域。接着他们谈到我们为何必须在最有利可图的地方建造房屋。由于我们同资助我们进行这趟旅程的商人们签署的合约，我们必须种植许多庄稼和利于销售的商品运回给他们，以此偿还我们的债务。

我对这些事情全都无法理解。我只想上岸。哈米和我希望能离彼此近一些，这样当我们最后开始建造自己的房屋的时候，我们就能做邻居了。他们答应明天女人和孩子将被送上岸。

你那没有耐心的，小淘气

梅姆

1620年12月18日，下午

普利茅斯海港

亲爱的小淘气：

　　我都快气炸了。就在我们登陆的时候，我从巨大的踏脚石上掉进了水里。准确地说我是被推下去的。猜猜是谁干的？约翰和弗朗西斯·比林顿，下流的小舱鼠！可是还有另一个罪魁祸首。朝天鼻！我简直恨死那个姑娘了。

　　事情是这样的。起初克拉克大副驾驶着大艇过来接我们这些孩子和女人。可是涨潮了，于是我们无法登上海滩。这块大石头就在不远处，很适合用来借助它上岸。好吧，我和哈米还有朝天鼻小姐就坐在大艇的船尾。比林顿一家坐在船头。他们总是挤在船头。他们推推搡搡，总是想要第一个坐在风口里，而且他们不顾琼斯先生和克拉克大副的告诫，把身体探出船舷上缘，把手浸在水里。

总之，当时的情况就是这样，就在我们抵达石头前，克拉克大副将大艇调了个头，因为他说这样登陆更安全。因此哈米和我似乎应该第一个踏上石头。我们马上就要上去了，已经十分靠近了。可是这时朝天鼻突然瞅准了一个机会。于是她开始从边上靠了过来。我吃惊地发现她把小脸挤在我的胳膊肘下面。我心想，她在这里干吗？可是接着我发现答案就写在她的脸上。历史性的诱惑！她想成为第一个踏上普利茅斯的白人孩子，而在她心中这块石头便是能够确保她被载入史册的标志。

想想看。如果潮汐正常，我们本可以在海滩上着陆，我们就能在差不多的时间爬出大艇。可是这块面积虽大却只能容纳几个人的石头却改变了一切。它为他们愚蠢的双脚提供了一个立足之处。这个地方将被人们纪念，愚蠢的老玛丽·奇尔顿的名字将永远和这块大石头联系在一起。她可能会让她愚蠢的孙儿为她在这里建造一尊愚蠢的塑像。

好吧，事情不完全是这样，因为不知不觉间弗朗西斯·比林顿也把他的脸凑到了我的胳膊肘下面。我们一半的身体在船外，一半在石头上。我不知道谁的脚第一个踏上了石头。我同时看到了自己的、朝天鼻的和比林顿家一个孩子的靴子。可是我感觉到朝天鼻的胳膊肘碰到了我的肋骨，接着我觉得身后有人用力推了我一把，我从石头上飞落到了水里。幸好水不深。我的裙子只湿了一半，可是当我自己爬起来的时候，我看见朝天鼻站在石头上，准确地说她是在摆造型。当时，克拉克先生已经把约翰·比林顿扔上了海滩，一边又抓着弗朗西斯的衣领，将他悬空在船舷上。接着他向我们大家咆哮道："他们竟然说你们是小基督徒！"可是朝天鼻只是自顾扬扬得意。我现在正拼命祈祷永远不大声说出下面的想法，可是我必须说出来，否则我要爆炸了。因此我要用极小的字将它写在这里：我希望玛丽·奇尔顿经历漫长而痛苦的死亡后康复，可是却变成了一个瘸子。

爱你的

梅姆

1620年12月21日

普利茅斯海港

亲爱的小淘气：

暴风雨来了。狂风撕裂着索具。陆地上的一些朝圣者没有食物。他们希望稍后能派出小舟为他们运送食品。由于海浪实在汹涌，我们现在已经放下了三只船锚。

爱你的

梅姆

1620年12月23日

普利茅斯海港

亲爱的小淘气：

阿勒顿太太昨晚产下了一个死去的男婴。他们将他包裹了起来，放在一只小盒子里，今天我们把他带上了岸，将他安葬。风势减弱了，于是我们今天全都上了岸，开始干活。男人们已经开始伐木了。哈米和我四处溜达，寻找心目中理想的居住地。接着朝天鼻跟了过来，说她们家已经选好了地方，并且鉴于她父亲从前是坎特伯雷著名的裁缝，他们或许将被允许第一个选择分配给他们的土地。接着她说自己的父母从前在坎特伯雷享有多么举足轻重的地位，言外之意他们差不多就是贵族了。我知道这根本就是胡说八道，因为五月花号上没有一个人位高权重。我们都是些平民百姓——一些人受过教育，好比布拉德福德先生和布鲁斯特长老，一些人则没有。因此我不知道她凭什么这样高谈阔论。我对她说："玛丽·奇尔顿，如果你父母第一个得到了土地，并非因为他们地位高、有权势、与众不同。只是因为他们跟你一模一样——既卑劣又爱出风头。"她尖叫着逃开了，哈米则脸色惨白，这让她脸上的雀斑好像小石子似的更加明显了。

爱你的

梅姆

1620年12月24日

普利茅斯海港

亲爱的小淘气:

昨天我们回到船上的时候,听说又有人死了,一个我几乎不认识的男人,尽管如此我还是为此伤心。我们很多人都病了。一个舵手一个厨师也病倒了。气候变得越发寒冷潮湿,令人难以忍受。由于这个海港水位很浅,我们离岸又有一英里多的距离,我们便经常浑身湿透地开始工作。父亲还说因为长期缺乏新鲜食品,我们全都营养不良,而所谓的坏血病正对我们虎视眈眈。于是这个月死了六个人。因为今天的风又冷又湿,还传来印第安人的呼喊声,妈妈和父亲便不让我上岸。斯坦迪什船长为此又设置了额外的警戒。我祈祷,亲爱的小淘气,我们家没有一个人得这种病,还有哈米也是。

爱你的

梅姆

1620年12月25日

普利茅斯海港

亲爱的小淘气：

今天公共住房的搭建工作开始了，作为防御工事，山顶上正在建造一个平台。在斯坦迪什船长的监督之下，大炮也已经被运上了岸。男人们砍伐木材。那些像父亲一样掌握木工技术的人则负责制作木料。我们这些孩子也被分配了工作。我们沿着海岸寻找搭建屋顶的茅草。尽管我们许多人都虚弱无力、精疲力竭，却还是打起精神完成这项工作。因为公共住房越快完工，我们自己的房子就能越快动工，而我们也就能拥有抵御严寒的栖身之处了，再也不用往返于五月花号。

水手们和许多"局外人"都不理解我们在圣诞节怎么还能工作。可是这一天并非安息日，因此我们可以工作。许多水手则宁愿喝着啤酒，寻欢作乐。

爱你的

梅姆

1620年12月28日

普利茅斯海港

亲爱的小淘气：

　　今天开始规划分配给各家各户的土地了。人们测量了土地面积。他们工作的时候我一直在旁边看着。他们首先确定我们到底有几户人家，这样才能计算要建造的住宅数。所有单身汉确定将住进别人家的房子里。我真心希望或许约翰·奥尔登能跟我们住在一起。我很喜欢他，这样的话飞燕也会经常来拜访我们了。

　　人口多的家庭被分配到的土地面积也会增大，宽度可达八英尺或者半杆，差不多有五十英尺或三杆那么高。我们并不符合大家庭的标准。因此我们的土地面积跟他们一样宽，但是没有那么长，长度大概是四十五英尺。我觉得这很公平。我很高兴他们决定缩减长度而非宽度。一栋狭窄的房子会让我觉得压抑和束缚，就好像无法呼吸似的。

　　　　　　　　　　　　　爱你的

　　　　　　　　　　　　　梅姆

1620年12月29日

普利茅斯海港

亲爱的小淘气：

今天潮湿而寒冷，一场暴风雨正在酝酿之中。人们都不愿工作。从甲板上，我能看见印第安人的火焰腾起的烟柱。可是我依然没有看见一个印第安人。

爱你的

梅姆

1620年12月30日

普利茅斯海港

亲爱的小淘气：

暴风雨袭来。在这样的天气工作，对男人们来说实在太残忍了。妈妈气息奄奄，咳个不停。我一边跟布莱辛玩耍一边觉得自己更擅长手指游戏了，因为我似乎能更长时间地吸引她的注意力了。

爱你的

梅姆

1621年1月1日

普利茅斯海港

最亲爱的小淘气：

一年过去了，我现在在这一页写下一个崭新的数字。可是它却让我不由怀疑我们是否在错误的时间出现在了这里。或许我们在荷兰多留一年，在1621年春天离开会更好，这样我们就会在夏天时抵达。我们便无需夹在暴风雨和所有人都病入膏肓的境况中建造任何东西了。越来越多的人病倒了。由于今天天气略有好转，工程又重新开始了。

爱你的

梅姆

附言：我无比渴望能吃一块热乎乎的姜饼，就

是运河旁边赫尔默街上的糕饼店卖的那种。这已经
不是我第一次想起荷兰了，可这却是我第一次思
念它。

1621年1月2日

普利茅斯海港

亲爱的小淘气：

我满脑子都是姜饼。我现在几乎能闻到它的气
味，有时候是在梦里！

公共住房施工顺利。

爱你的

梅姆

1621年1月3日

普利茅斯海港

亲爱的小淘气：

我还在做我的姜饼梦，现在连哈米也有一样的心

思了。

我们告诉了妈妈。她哈哈大笑，接着她现出一个奇怪的痛苦表情，仿佛大笑让她感到疼痛，只是她似乎很快便遮掩了过去。我不知道这究竟是一种生理上的痛楚，还是她也跟我们一样思念莱顿，并且希望我们不曾到来，至少不是现在。

爱你的
梅姆

1621年1月4日
普利茅斯海港

亲爱的小淘气：

据说斯坦迪什船长要带几个男人去他们曾经发现火堆的地方，看看能不能遇见印第安人。

爱你的
梅姆

1621年1月8日

普利茅斯海港

亲爱的小淘气:

我打赌你一定想不到我会说自己羡慕或者嫉妒任何同"舱底污水"有关的事。可我真的这样!因为今天弗朗西斯·比林顿在最高的山顶发现了大量的净水。这些水分流进了两座大湖。他们说两座湖泊中大点的那个至少周长五英里,当中有座岛屿,长度应该差不多有六百英尺。这个发现真是棒极了。哈米和我炉火中烧,可是妈妈说在所有的罪孽中嫉妒是最糟糕的。于是我努力忘记这件事。可是这很难做到,尤其是当人们准备将它命名为比林顿海的时候。哦,你能想象一片中心有座名叫瑞梅姆柏的小岛的惠普尔海吗?

爱你的

梅姆

1621年1月9日

普利茅斯海港

亲爱的小淘气：

　　天气依然晴朗，于是哈米和我带着布莱辛上了岸。因为害怕她会跑去他们砍伐森林的地方，被倒下的树木砸到，我们必须用缎带拴着她。妈妈的情况并不理想，可是她没有像其他人一样得人们口中的"综合征"。她咳嗽，并且浑身无力，可是谢天谢地没有发烧。

爱你的

梅姆

1621年1月11日

普利茅斯海港

亲爱的小淘气：

　　同父亲和其他几个忙于施工的人一起留在岸上的

布拉德福德先生病倒了。他病得很重。

爱你的

梅姆

1621年1月12日

普利茅斯海港

亲爱的小淘气：

布拉德福德先生的病情依然没有起色。卡弗地方长官也病倒了。现在越来越多的人病情并不乐观。今天我们失去了两个年轻人。他们出去收集茅草，再也没有回来。这又是悲惨的一夜。天知道他们能不能活下来。所有人都为他们祈祷。

爱你的

梅姆

1621年1月13日

普利茅斯海港

亲爱的小淘气：

那两个人依然杳无音信。我想若他们还能生还，那就是奇迹了。

爱你的

梅姆

1621年1月15日

普利茅斯海港

亲爱的小淘气：

一天发生了两个奇迹，而且今天还是安息日。昨天是星期天，第一个奇迹是失踪的人回来了。他们健康状况良好，只是度过了好几个悲惨、寒冷的夜晚。第二个奇迹就是安息日一早，公共住房的屋顶因为飞落在茅草上的一个火星燃了起来。当时布拉德福德先生和卡弗先生正躺在屋子里养病，步枪就在他们的身边，可是这把火只烧到了屋顶，真是个奇迹，尽管因为生病，他们没有迅速起身，屋顶上的火星也有可能将他们步枪里的弹药引爆，把他们炸飞。可是上帝垂怜，所有在公共住房里卧床不起的人都逃了出来。

　　我们还在这一天举行了着陆后的第一次安息日聚会。我十分快乐，即便我们是圣徒，教堂在我们的心里，可是为了这座在我们心中的教堂，脚踏实地的感觉好极了。

爱你的
梅姆

1621年1月29日
普利茅斯海港

亲爱的小淘气：

　　距离上一次写日记差不多有两个星期了。今天我应该满心欢喜地写，因为我们终于搬进了自己的房子。可是今天却是个悲伤的日子。罗斯·斯坦迪什半夜去世了。当妻子在迈尔斯·斯坦迪什的怀里呼出最后一口气息的时候，我从未见过如此悲伤的脸庞，要知道这是一个曾久经沙场、亲眼看着自己的伙伴以最残忍的方式被杀害的男人。可是现在死去的是他的人生伴侣，我相信，此刻遮蔽着病妻身躯的这座小屋是最令他痛苦的战场。

她死后一个多小时，他依然坐在那里抱着心爱的女人。后来约翰·古德曼和我父亲为了尽快将罗斯安葬，将她带出了小屋。

近一段时间以来，我们的生活中除了疾病和死亡再无其他。这就是我不写日记的原因。然而，令人吃惊的是好几幢房屋已经拔地而起，还有这间为病人而建的小屋。

妈妈的身体略有好转，经常在体力允许的情况下在病房里帮忙，可是父亲和我都替她担心。她的脸色不好，而且还在咳嗽。可是我想现在她正为拥有一栋房子和某个属于自己的、能在夜晚安睡的地方而高兴。明天……但愿再也没有死亡。

爱你的

梅姆

1621年2月4日

普利茅斯海港

亲爱的小淘气：

此刻黎明将近，我正在病房里接替飞燕。她的母亲病得很重，父亲也是。一同病倒的还有爱德华·波茨。此刻他因为发烧而说着胡话，他可怜的妻子汉娜身怀六甲，正设法摇晃他的脑袋，想让他清醒一些。无论对她还是任何人来说这都太难了。哈米提出帮忙，可她拒绝了，她要自己照顾他。

无论如何，我们的房子既坚固又舒适。昨晚大风确实危及其他几个屋顶，可是我们家却幸免于难，这就是证据。我们的房子或许是这片土地上最牢固的，要知道父亲可是最棒的工匠。而且之所以如此坚固，全都是因为搭建木材的格局。他和我废寝忘食地制作用作墙壁的枝条编织物。可是我相信这是我的专长。这确实出人意料，因为我并不擅长针线活，而做这项工作时必须将小树枝织入壁骨和墙体之间，同针线活有几分相似。接着我们在上面覆上混有沙子、陶土、水和青草的灰泥。现在我们只剩一面墙就完工了。

因为太多人得病，我无暇工作。可是布莱辛却在混合灰泥上帮了父亲大忙，他还给了她几块小地方把灰泥塞进墙壁。而且她并没有把它当作食物放进嘴里！这令人吃惊。还记得我跟你说过她多贪吃吗？她觉得涂灰泥就是在玩。她喜欢这项工作。上帝以神秘而美丽的方式造物，我想布莱辛一定受到了两者的影响——她觉得建造房屋是个游戏，假若做得好会很奇妙。这让她忙个不停，也让妈妈能好好休息。

我们当然没有椅子，没有床，只有简陋的地铺，没有桌子——可是父亲说明天他会做几个挂钩，这样我们就能挂衣服了。火炉不错，火很旺，烟囱也没有裂缝。我们随身带着一只水壶和几口锅，还有一根用来挂盆盆罐罐的挂杆。父亲暂时还没有时间把它们安在火炉里。不过我们已经把一把烤肉叉安顿妥当了。现在我们只能弄些肉来烤。可是野味却很稀有。我们在西面的墙上装了一扇窗。妈妈不会允许南面有窗，因为她相信有害的蒸汽会从南面过来，那就是他们生病的原因。

妈妈带来了一大匹亚麻布，这令我喜出望外，我们已经把它们用亚麻籽油浸泡过了，然后挂在了父亲切割的一扇方窗上。在天色更明亮一些的日子里，它会带进些许亮光。父亲还计划为夏天砌一个户外炉灶，还有空间可以修建一座花园。可是夏季和花园似乎遥不可及。哦，我必须得走了，亲爱的小淘气，马林斯太太开始猛烈地扭动身体了，这是咳嗽发作的前兆。

爱你的

梅姆

1621年2月5日

普利茅斯海港

亲爱的小淘气：

马林斯太太正在咳血。波茨先生的病情加重了，他的妻子依然不肯休息。我现在没有心思再写下去了。

爱你的
梅姆

1621年2月8日
普利茅斯海港

亲爱的小淘气：

威廉·怀特先生现在也住进了病房，还有死去男婴的母亲玛丽·奥尔登和爱德华·温斯洛的妻子伊丽莎白·温斯洛。然而，我绝大多数时候都跟莫尔家的孩子们在一起，这些来自伦敦的小孤儿是作为温斯洛、卡弗和布鲁斯特家的仆人来到这里的。有一个已经死了，我害怕另一个很快也会步上后尘。他们从来不会叫着要妈妈，只会呼唤彼此。约翰一直在叫雅斯佩尔的名字，我不忍心告诉他雅斯佩尔已经去见上帝了。

爱你的
梅姆

1621年2月9日

普利茅斯海港

亲爱的小淘气：

　　我们今天差点遭遇了一场可怕的灾难。病房的屋顶着火了。我吓坏了。我当时正坐在小埃伦·莫尔的旁边，尽自己最大的努力用手指游戏吸引她的注意，每次她睁开浮肿的眼睛，露出轻轻的微笑，我的心跳就会加快。接着，突然之间，在毫无预警的情况下，火焰夹带着热浪蹿了起来。我连同被褥一把抱起她跑了出去。你知道她轻若无骨。接着波茨太太试图凭借一己之力扶起她的丈夫逃命。你能相信她几乎已经做到了吗？不过幸运的是，布鲁斯特长老和约翰·古德曼来了。

　　然而，上帝是仁慈的，小屋没有遭到严重破坏，很快埃伦就被裹在被子里送了回去。她现在正呼唤雅斯佩尔。我该怎么办？这些可怜的小孤儿。

　　今天最好的消息就是有五只鹅被宰杀了，而且分发给了大家。于是自从我们来到这里，烤肉叉第一次派上了用场。今晚我借着火光一边写这篇日记，一边闻着滴落的肥油的香气。为了收集油水，我们在鹅下放了一只小瓦罐；因为肥油对炖浓汤很有用，要是我们在花园里种些什么的话，它还能用来煎蔬菜。可是正如我所说，花园和夏天似乎遥不可期，永远都不会到来似的。我不应该这样想。跟那些可怜的孤儿比起来，我真的太幸福了。同远在天堂的父母亲相比，我脑袋里的花园和户外炉灶实在不值一提。

爱你的
梅姆

1621年2月15日
普利茅斯村

亲爱的小淘气：

我们已经在陆地上连续居住一个多月了，我才想起这些日子以来我每回都把"海港"这个词写在日记的开头、日期的下面。我想现在是时候把我们称为一个村落了。或许在那么多人病倒、去世的时候，这样想会让人充满希望。村里的房屋被建成面对面的两排，我们就住在所谓的牧场上，位于堡垒的半山腰上面一些。另一边是将来要种庄稼的地方。

明天斯坦迪什船长要召集一场会议。开会的目的是组建一支自卫队。因为今天，一伙十二个人的印第安人被发现在附近出没。我尚未见到任何羽毛人。我希望在有机会亲眼看到之前他们别把他们都杀了。我向上帝祈祷，印第安人乖乖的，别干任何会激怒斯坦迪什船长的过激的事。

爱你的

梅姆

1621年2月16日

普利茅斯村

亲爱的小淘气：

通向死亡的道路奇怪而神秘。然而，死亡的阴影越发频繁地萦绕于此，并且已经找到了一个新的方式用它的威力搅乱我们的生活，让我们束手无策。今天一早正当我在病房里工作的时候，爱德华·波茨显然很快就要离世了。长久以来一直将他拥在怀里的妻子就躺在他身旁的简陋小床上。

他死后，她又躺了一段时间。没有人打扰她。可是想想当我们开始注意到波茨太太正在分娩时多么大吃一惊！然而她几乎没有发出呻吟。要把后来发生的事写下来实在不容易。女人们将婴儿包好递给波茨太太，她瞧着这个小东西，一丝微笑犹如破开云层的阳光在她的脸上绽放开来。她将宝宝抱到胸前，向她死去的丈夫展示婴儿甜美的容貌。

当时的场面怪异，可是我们还是聚在一起，仿佛爱德华·波茨尚在人间。这一刻，在如此奇特的环境中，我们都感到莫大的欢欣，因为在这备受祝福的时刻，似乎死亡已被击退。可是突然之间宝宝变得虚弱，没几分钟便随父亲去了。

害怕无法从她身边带走她死去的孩子和丈夫，他们给汉娜服下一剂药力强劲的安眠药。现在她就要醒了，她或许会以为自己只是做了一个可怕的噩梦。我不知道，不过这样处理汉娜·波茨和她丈夫、儿子的事似乎不妥。当人们试图将你生活中真实的部分变成虚幻，这是一件极其恐怖的事情。

爱你的

梅姆

1621年2月17日

普利茅斯村

亲爱的小淘气：

妈妈病倒了。他们把她送去了病房。我一直都不同意，我觉得，她的情况没有像病房里的那些人那么严重。可是昨晚父亲和我意识到，我们只是在自我欺骗。对她来说搬进病房会更好，那里有我、哈米、飞燕和其他亲爱的人们负责照顾大家。最重要的是，我现在可以为了她时刻待在那里。布莱辛可以跟着布鲁斯特太太和她的家人。她在那里好像挺开心的。洛夫和莱斯林跟她相处得很好。噢，小淘气，我害怕得不敢想。可是我只是祈祷着，尽量不去思考。为我亲爱的妈妈祈祷。

爱你的

梅姆

1621年2月18日

普利茅斯村

亲爱的小淘气：

莫尔家的孤儿小埃伦·莫尔今天早上死了。整整一夜哈米和我握着她的手，整整一夜她喊着哥哥们的名字，他俩也都病倒了。可是约翰似乎更强壮一些，于是哈米和我把他的床铺移到了妹妹旁边。接着就在黎明来临前夕，她的呼吸变得越发微弱，她睁开眼睛，凝望着约翰，接着竟然说了声"妈妈"，然后便死了。我觉得不可思议，可是哈米却相信她已经来到了天堂门口，并且在那里见到了早已死去的母亲。

一旦有人去世，只要有机会，哈米和我总会外出散会儿步。我们会去树林的边缘，一路上几乎不怎么交谈。我不知道自己到底在想什么。可是在病房里经历了病人们的喘息声、咳嗽声以及死亡之后，在树林边缘竟能感受到令人吃惊的宁静。我清空思绪，研究在天空的映衬之下被冰雪覆盖的树枝的样貌。有时候在一场冻雨之后，在阳光的照耀下，树枝仿佛苍穹下的一幅银线刺绣。我只能试图想象这些事情——病房里没有那么多鲜血、暴躁、预示着死亡的黑暗嘈杂之音。

爱你的

梅姆

1621年2月25日

普利茅斯村

亲爱的小淘气：

过去一周，十四个人去世了。可怜的飞燕现在已经失去了所有的家人。感谢上帝她还有约翰·奥尔登陪伴在她身边。

为了远离这一切，我带着你，小淘气，来到了树林边缘。作为一个孩子，一个既不是医生也不是士兵的普通人，我太熟悉死亡了。我知道在生命的最后几个小时嘴里会发出的呓语。我知道手指抓着床单的特有方式。他们为什么会这样，小淘气？那么多人都会做这个古怪的抓取动作。难道他们正设法攥着一把尘土前往另一个国度吗？

爱你的

梅姆

1621年3月3日

普利茅斯村

亲爱的小淘气：

空气中已经有了一丝春天的气息。我讨厌它。上个月死了十七个人，鸟儿叽叽喳喳叫个不停。这是在嘲笑我们。我希望鸟儿闭上它们的嘴。我希望太阳眨眨眼睛，好像死人一样闭上它那明亮的黄色眼眸。我希望轻柔温暖的微风停息。我敢让一朵蒲公英露出它真实的脸孔！

爱你的

梅姆

1621年3月7日

普利茅斯村

亲爱的小淘气：

气候又变冷了。刮起了东风。可是我还抱着一些希望。父亲和我决定将妈妈移回我们自己的房子里。回家的念头似乎对她颇有助益。父亲会代替我在病房的工作，而我将跟妈妈和布莱辛待在一起。和其他人一样，我们在自己的花园里播了一些种子。有件事我以前没有提起，小淘气。为了摆脱病房里疾病和死亡的阴影，我经常去树林边缘散步，当我坐在那里的时候，我感觉到幽暗的树林边缘有眼睛正盯着我。直到今天，我才把这事告诉了哈米，可是她也跟我有一样的感觉。我们都觉得如预想的一样，印第安人离我们已经很近了，并且监视我们的频率也更高了。

爱你的

梅姆

1621年3月9日

普利茅斯村

亲爱的小淘气：

妈妈回家了。太好了。她依然十分虚弱，可是似乎十分高兴。当她有力气能说话的时候，她不断地说各种家务事给我听。仿佛她想要立刻教会我所有事情似的。我必须在花园里种植迷迭香，然后把它放在房屋周围来净化有毒的烟雾。我还应该种百里香，在布莱辛做梦的时候可以让她喝下。

这种谈话令我心烦。我说："为什么是我？春天到了，你会好起来的。我们要一起种。"接着她开怀大笑，说她真正的用意是当我长大成人，拥有自己的家庭时能将这些知识派上用场。而且我必须学会如何用自己的手感受物品的分量，因为不知多少家庭主妇都上过店老板的当。而我说："妈妈，我们在这里连房子都没几幢，更别提商店了。"她开心地笑了，又咳了起来。我必须管好自己的嘴。可是她能回来真好。

爱你的

梅姆

1621年3月10日

普利茅斯村

亲爱的小淘气：

哈米为她的父亲忧心忡忡。他的情况很难描述，因为其实并非身体上的病痛，可是索耶先生的行动和反应都变得越来越迟缓了。他似乎躲进了另一个世界。当我们在树林边缘的时候，哈米向我坦白，她曾听见他在深夜同她亲爱的去世的母亲说话。这让她想起了桃乐茜·布拉德福德。他已经不再跟男人们去伐木了，大部分时间都凝视着他的火炉。不过他还是会帮忙照顾病人。因此他至少还是分担了一部分工作。

爱你的

梅姆

1621年3月11日

普利茅斯村

亲爱的小淘气：

哈米今天简直如坐针毡。她说她父亲正在病房里工作，照顾着看起来将不久于人世的温斯洛太太。她听到他俯身在温斯洛太太的耳畔轻声说了些关于他妻子的事。当他稍微大声一点的时候，她听到他清清楚楚地说："告诉亲爱的埃莉诺，我很快就来了。我们再也不会分离。"可怜的哈米！他难道不想想她？哈米该怎么办？

爱你的

梅姆

1621年3月12日

普利茅斯村

亲爱的小淘气：

哈米手足无措。他们已经不让她的父亲在病房里工作了。他严重扰乱了那些濒临死亡的人以及他们的亲属。他把将死之人当作自己同挚爱的埃莉诺之间的信使，无人幸免。这种行为既怪异又令人感到不安。他当时正在一个快死的孩子耳畔低语，高烧不退的孩子说："可我怎么能认出她？"接着他说了些什么。那孩子说："可是我会迷路的。"接着因为害怕在天堂里迷路，她哭了起来。就连想到这些事都令人不寒而栗。

他们派他跟彼得·布朗去搜寻用来盖屋顶的茅草。就连拿着斧头的时候他都十分心不在焉，父亲说。他会弄伤自己的。

我为哈米难过。我觉得她父亲是个极度自私的人。

爱你的

梅姆

1621年3月13日

普利茅斯村

亲爱的小淘气：

水手们不断地说起要回英格兰。他们希望在四月的某一天启程。毫无疑问，货仓将空无一物。因此出了钱的商人们不会高兴的。可是我们之中几乎一半的人都死了，除了维持自己的生计，我们怎么可能生产更多的物资？父亲说今天春夏好好努力就能开始同印第安人做些皮草和渔业上的生意了。他认为鱼干将抵消我们与商人们之间的债务，因为这可是畅销货。我再一次对这些生意上的事一窍不通。活下去似乎成了我们的头等大事。根本无法想象在某处还存在父亲所谓的"利润"——至少有一样能用钱来计算的东西。

爱你的

梅姆

1621年3月16日

普利茅斯村

亲爱的小淘气：

好开心！我终于见到了一个印第安人。我不但看到了他，还与他并肩而立。我碰到了他的手。我满脑子都是他琥珀金的肤色！

今天早上，我看天气暖和，便一边同锅碗瓢盆搏斗一边为妈妈准备茶水的同时，把门打开了一条缝。我用眼角的余光捕捉到了这一幕。想起来实在不可思议，因为房门只打开了一条小缝；可是我却在那条缝里瞥见了银光一闪，着实不同寻常，于是我便被吸引了。因为那抹银光就像亮漆上的一抹彩色的污迹。接着，琥珀金、一道漆黑、白色以及某处出现的一个亮红色印记形成了一个类似人形的东西。

我冲向房门，那大摇大摆地走在两排房屋中间狭窄街道上的是一个穿戴羽毛的武士。他身材高大，几乎赤身裸体，只在腰部围着一小片边缘坠着些流苏、长度不超过十英尺的皮革。刚好能遮挡他的私处。我写这些的时候脸都红了。他带着一个装有箭的皮鞘，肩上斜背着一张暗橘色的狐皮。他的头发又黑又长，扎成发辫垂在颈上。可是前面的头发剃得极短，露出了整个前额和漂亮的头顶。他的辫子上至少插着两根羽毛！

我激动坏了，手里还拿着妈妈的那杯茶就跑了出去。从七幢房子里涌出来的人此刻全都站在街道两侧，而他却一路勇往直前。布拉德福德先生和布鲁斯特先生，还有地方长官卡弗拦住了他。此刻我就站在印第安人的近旁。这时，最令人吃惊的事情发生了。这个羽毛人张开嘴，说出口的不是别的，正是英语。以下是他的原话："欢迎你们。我的名字叫萨莫塞特。这里不是我的故乡，我来自孟希根以北，在刮起劲风的一天坐着陆地五号船来到这里。"

我从没见过布鲁斯特长老、布拉德福德先生和卡弗地方长官如此目瞪口呆。萨莫塞特向我们要啤酒和饼干，可是他们却给了他一些烈酒，而小莱斯林·布鲁斯特则被派去拿酒瓶。就在其他人去拿饼干的时候，萨莫塞特被带去了公共住宅，而我特别为他取了些饼干以外的东西。我为他带去了一大块自己刚做好的布丁，哈米跟我想的一样，拿来了一片他们还没吃的野鸭肉，而洛夫则拿了些芝士。假如这事儿由大人们处理，他或许只能吃些硬面包，喝些威士忌。

我觉得大人们并非故意不友好，可是他们显然害怕他，然而我们这些孩子倒是被他吸引了，为了让萨莫塞特留下来、喜欢上我们，愿意做任何事情。

他喜欢所有我们给他的食物。接着男人们开始盘问他。萨莫塞特告诉他们，我们现在所在的这片地区叫做帕丢赛特，是小海湾或者小瀑布的意思。四年前，这里发生了一场大规模的恐怖瘟疫，无人幸免于难。因此现在没人争取这片土地，而这也正是我们发现许多区域被清空的原因。萨莫塞特已经在这里待了八个月了。他的英语是跟那些到孟希根水域来钓鱼的英国人学的。他是孟希根的酋长，或者说是部落的首领。他的部落叫做威伯德纳基，也可叫"黎明一族"。他对整个科德角、所有地区和各个部落及首领都很熟悉。

离我们最近的是万帕诺亚格人，意思是"破晓一族"。不过这里还有纳拉干塞特人以及其他部落。他说这片地区最大的首领，也就是他们所谓的酋长，是欧萨梅奎因，翻译出来就是"黄色羽毛"。他也被称为马萨索伊特。

萨莫塞特侃侃而谈了很久，说完以后也没有要离开的意思。我多么希望他永远永远留下。实际上，他此刻就在斯蒂芬·霍普金的家里过夜。当他们走出去的时候我听见卡弗长官压低声音说："看着他。"好像他会偷什么东西似的。我觉得这样的态度并不合适。

晚安，以及爱你的

瑞梅姆柏·佩兴斯·惠普尔

1621年3月23日

普利茅斯村

亲爱的小淘气：

我想我再也不会觉得生活枯燥无味了——只要印第安人能一直来我们这儿。萨莫塞特第二次过来拜访的时候，带了五个人随行。这些人穿着绑腿，身上的衣服也多了些。他们也一样随身携带着装满了粉末的小袋子。我发现当斯坦迪什船长看见有个人往自己的手上倒了些粉末的时候大吃了一惊，毋庸置疑，他一定觉得这是用来装填步枪的。

可是他接着从我们跟食物一起摆在他们面前的一只碗里倒了些水出来，将两者混合在一起形成一种糊状物，然后开始吃。萨莫塞特解释说那是玉米粉。

　　我同萨莫塞特肩并肩走在一起。他走的时候对我微笑，说他喜欢我第一次带给他的布丁。于是我迅速跑回去，把我们剩下的一点布丁给了他。他谢了我。那是几天前发生的事。

　　今天他又来了，陪伴他的是一个名叫斯匡托的印第安人，他也会说英语。我之所以立马就知道了，是因为萨莫塞特一看到我就用英语对斯匡托说："那个就是布丁姑娘！"因此我现在有了一个新名字——布丁姑娘。我喜欢这个名字。而且我又做了些布丁。这种布丁与众不同，里面没有放任何诸如牛奶、鸡蛋和黄油之类的寻常材料，因为这里通通没有。我用了烤鹅或者任何我们能捕到的野禽身上滴下的肥油、浸在啤酒里的干豆、我们从莱顿带来的一些面粉，以及依然储备富余的葡萄干和水果干。

　　斯匡托和萨莫塞特跟我们交谈了一小时左右，然后他们提到附近的大酋长马萨索伊特，并说酋长的弟弟其实就带着六十个左右的人住在山脊后面。斯坦迪什船长惊恐万分，一下子跳了起来。可是萨莫塞特说没必要这样，他们来是为了谈判。于是斯坦迪什船长和地方长官接见了马萨索伊特和他的弟弟。双方制定了一份协议。这是一份和平条约，我们保证不伤害对方的人民，不偷他们的东西，如果发生针对印第安人的不义之战我们将向他们施以援手。

晚安，祝愿和平！

爱你的
梅姆——或者"布丁姑娘"

附言：我给了斯匡托一些布丁。但愿他像萨莫塞特一样喜欢。

1621年3月25日
普利茅斯村

亲爱的小淘气：

哈米的父亲已经两天没有迈出房门一步了！哈米担心坏了。她不知道该拿他怎么办。我什么忙都帮不上。

同哈米的父亲恰恰相反，比林顿太太倒是经常出现——总是在令人出其不意的时候。她已经一连两晚有家不回了，人们说她"不怀好意"。有谁会在夜雾弥漫的晚上出门，尤其还是在北风呼啸的时节？有传言说她为了练习所谓的小巫术——算命或诸如此类的玩意儿，一直保留着一只滤网和剪刀。飞燕说她对这些事情一无所知。她只知道比林顿夫妇一直在大吵，因为她住得离他们很近。有一天地方长官卡弗谴责比林顿先生在大庭广众之下对妻子言辞过于粗鄙。我倒觉得这根本无关紧要——无论家里家外——这样跟任何女人说话都很卑鄙。

爱你的

梅姆

1621年3月27日

普利茅斯村

亲爱的小淘气：

又发生了让人激动的事。萨莫塞特给我们带来了一些干南瓜，他向我们展示如何将南瓜和一些印第安玉米串在一起。我们把它挂在房椽上，成了一种色彩斑斓的装饰品。妈妈很喜欢，由于身体虚弱，她大部分时间都躺在床上，抬头看着这明亮的橘色和黄色。她说那就好像是长在天花板上的一片花园。

哈米的父亲似乎大有好转。实际上，我昨天亲眼看到他望着哈米微笑，仿佛几个月来他第一次见到她似的。这让哈米和我的心里又充满了希望。

今天下午，父亲同萨莫塞特交换完鳗鱼以后回了家。他们捉到了许多鱼——又大又肥，我们可以用来炖汤。

爱你的

梅姆

1621年4月1日

普利茅斯村

亲爱的小淘气：

一个月过去了，尽管下着雨，斯匡托却说是时候开始种植玉米了。他把这几天叫做"新气象"。我不敢相信，可是或许春天和花园真的离我们近了。

斯匡托保证六月我们就能看到玉米发芽！我们花了一整天时间种植玉米。雨停了，太阳出来了，而我因为哈米忘了戴帽子、脸上长满了雀斑开怀大笑。我希望我们收获的玉米跟她脸上的雀斑一样多。

爱你的

梅姆

1621年4月2日

普利茅斯村

亲爱的小淘气：

简直糟透了。我回家的时候发现布莱辛正号啕大哭，妈妈正在咳血。哦，小淘气，我实在太羞愧了。这些日子我被印第安人迷住了，忽略了我自己亲爱的妈妈。我的意思不是说自己没有尽到责任。我帮她的忙，替她端茶送水，扶她去厕所，可是我却心不在焉。我满脑子都是印第安人身上的五颜六色和羽毛，我竟然没有发觉母亲在我面前日渐衰弱。我早应该知道她正越来越虚弱。

现在她连说话的力气都没有了。她一直盯着我们挂在天花板上的南瓜和玉米瞧。我告诉萨莫塞特和斯匡托她多么喜欢那个颜色，于是这些亲爱的伙计又给我带了许多，还有一些金黄色的干艾菊。父亲把它挂了起来。妈妈在一旁看着。这么想很傻，我知道，可是我总觉得要是她一直看着头顶上她所钟爱的黄色，就会让死神停下脚步。于是她就不用去天堂了。只要我们能一直挂着这些漂亮的黄色。

我没法再写了。我害怕极了。

爱你的

梅姆

1621年4月3日

普利茅斯村

亲爱的小淘气：

今天早晨妈妈去世了。她走的时候，视线定格在了黄色的南瓜和艾菊上。她干裂的嘴唇吐出一句遗言："我喜欢。"她没来得及说完，可是我们都明白她的意思。我感觉好陌生。现在我没有母亲了。我没有母亲了。我一遍一遍地对自己说。我无法相信她走了。

爱你的

梅姆

1621年4月4日

普利茅斯村

亲爱的小淘气：

我又有了一桩新的伤心事。明天哈米就要和她父亲乘着五月花号出航了。轮船离开的日子到了。他必须回到英格兰，守在他亲爱的埃莉诺的墓旁，他说。我整个人都愣住了。

今天早上我们埋葬了妈妈。昨晚父亲制作了棺木。我们把她裹在一件羊毛寿衣里。为了驱赶噩梦，我在里面放入了百里香，为了纪念放入了迷迭香。这些药草是我们从莱顿带来的。当然，我还放了最明艳的艾菊。

爱你的

梅姆

1621年4月5日

普利茅斯村

亲爱的小淘气：

我从小山上望着五月花号，直到它变成地平线上的一个小点。哈米和我决定不在海滩上众人面前告别，而是清晨时分在森林边缘说再见。她哭了，可是我依然觉得麻木。她承诺总有一天会回来——即使等待着她的无疑是身为契约佣工的命运。她想要给我带来希望。她甚至说如果她父亲不久于人世，她就会为另一户人家打工，因为明年秋天应该会有另一艘船来这里。于是我们在森林边缘拥抱彼此。我现在同你坐在一起，小淘气，我的灵魂伴侣，而我当时就是在这里看着轮船远去。

哦，小淘气，我失去了那么多东西，想想没几天前我竟然还以为春天又来临了。可是我一开始是对的，我的心中将永远是冬天。我心中一片黯淡，充满了愤怒。我应该很长一段时间都不会再写了。

爱你以及再见

梅姆

1621年6月5日

普利茅斯村

亲爱的小淘气：

过了好久了，不是吗？你好吗？想我吗？我必须写下这些古怪的短句。词汇在我的脑子里都生锈了。我的手指也变得僵硬。钢笔沉甸甸地握在我的手中。我明天会再试试。

爱你的

梅姆

1621年6月6日

普利茅斯村

亲爱的小淘气：

　　我又来了。我活着，小淘气，这便是全部。我竭尽全力把全部的注意力集中在小事上。我一早起床。我穿上袜子、吊袜带、三条衬裙、妈妈留下的苔绿色旧马甲、围裙、绕在手腕上的口袋，带上头巾，穿好鞋子。我现在有衣夹了。是父亲为我做的。我不知道现在几点了。我已经失去了对时间的概念。

　　我的手指没那么僵硬了，或许我明天可以多写几笔。

　　　　　　　　　　　　　　　　　爱你的

　　　　　　　　　　　　　　　　　梅姆

1621年6月15日

普利茅斯村

亲爱的小淘气：

　　你一定不会相信发生在小约翰·比林顿身上的

事。他已经失踪差不多五天的时间了。这个讨厌的孩子让所有人东奔西走。布拉德福德地方长官召开了一次与马萨索伊特的会议，后者做出了承诺。一天后，承诺兑现了。这个讨厌鬼找到了瑙塞特印第安人，十二月时正是他们向我们的人放的箭。可是他们是否袭击了这个孩子？并没有。他们收养了他！昨天布拉德福德治安长官为他派去了小舟。今天他得意扬扬地回来了，身上披挂着羽毛和珠子，念珠的数量多得数不清。一只猫有九条命，比林顿家这些人的命比十二只猫的加起来还多。我并不希望他命丧黄泉，可是他怎么会去往一个印第安村庄，在那里待了五天，还得到了礼物，而这一切却没有发生在我身上？这令我无法接受，真的！

爱你的

梅姆

附言：小淘气，现在我的手感觉松弛多了，词汇也不再生锈了。

1621年6月17日

普利茅斯村

亲爱的小淘气：

我有没有告诉你斯匡托信仰了我们的宗教，成了名正言顺的教徒？现在他跟我们许多人一样，是一个圣徒了。可是从前，正如布拉德福德先生所言，所有人都相信斯匡托是"上帝派来的一样特别的工具"，为我们带来富足和美好，超越我们最大的期待。因为玉米开始在田野里闪耀夺目的光彩，明年冬天我们无需面对饥荒了。

爱你的

梅姆

1621年6月30日

普利茅斯村

亲爱的小淘气：

现在我们从早忙到晚。春天时种下的黑麦种子长得很好，许多姑娘和女人们正在地里捆扎稻谷。黑麦长得很快。而我们自己的花园也需要经常打理。这些工作让人汗流浃背，蚊子也来势汹汹。几乎没有时间写日记。父亲答应我，我可以跟他，还有斯匡托和霍伯马克去瞧瞧他们是怎么捉鳗鱼的。我十分迫不及待。我忘了告诉你。霍伯马克是另一个印第安人，他是斯匡托的朋友，现在已经成了我们这个小村庄的一分子。他也喜欢我做的布丁。

接下来我要说说一次去往马萨诸塞的重大探索行动，那里有一座大海湾。据说当地的印第安人拥有许多皮毛。我们必须尽快将货物运回英格兰，商人们正等着我们回报他们的投资，这件事对我们来说至关重要。他们的船秋天时就要来了。我尽量不让自己想哈米以及她在船上的可能性。可是这很困难。尤其是当我想到某些事情的时候，比如哈米会多么喜欢捕捉鳗鱼。可是我必须摒除这个念头，也不去思念妈妈，布莱辛长得一天比一天更像她了。

爱你的
梅姆

1621年7月5日

普利茅斯村

亲爱的小淘气：

我们不得不等到月圆之时才能去捕鳗鱼，而父亲和我还得安排汉娜太太过来照顾布莱辛。我们和斯匡托一起去了一个连海的大池塘。池塘和大海的中间细细的水流汇聚成一条河。斯匡托带来了两个捕鱼器。

父亲告诉我，我一定要站在生长在池塘边的茂密的芦苇丛里，不要把脚弄湿了。"为什么？惠普尔先生？"斯匡托问，"布丁小姐一定很擅长涉水和捕鱼。"可是父亲解释说年轻姑娘们赤裸脚踝、把裙子弄湿是没有规矩的表现。不过，他倒是给了我一根长长的树枝，这样我就能从岸上捕鱼了。

父亲蹚水向池塘走去，一边搜寻猎物，而斯匡托则拿着捕鱼器等待。月光如洗，亮如白昼，我很快就注意到水里有动静，甚至还看到了黑漆漆的身影。我负责在斯匡托和父亲把它们从捕鱼器里放出来的时候将鳗鱼装进篮子里。它们活蹦乱跳，月光映在它们闪亮的黑色皮肤上。我们会把其中的一部分做成鳗鱼派，这是我们最喜爱的食物。有一部分会用盐腌制后晒干，放进小桶运回英格兰，供商人们出售。

爱你的

梅姆

1621年7月26日

普利茅斯村

亲爱的小淘气：

一段时间以来，尽管我不愿下定论，可是我觉得我父亲和波茨太太之间产生了情愫。老实说我不知道自己对此事究竟是怎么想的。一方面，要是父亲变得像哈米的父亲一样，试图通过将死之人与妈妈说话，比起尘世间他所拥有的一切——也就是我、布莱辛和这幢坚固的房子，以及我们生长茂盛的花园，对天堂之事更感兴趣，我一定会为此焦虑不安。然而，另一方面，似乎妈妈去世才没多久。不过我也想到，爱德华·温斯洛在他妻子过世才一个月就结婚了。

　　可是……我不知道。我是说波茨太太似乎真的很不错,可她是个怪人。当然了,毕竟她经历了那么多,这也是可以理解的。

　　她那么安静,这是最难的。她几乎一言不发。我曾在田里帮忙侍弄过她的庄稼,当时我就站在她身边,而她一句话都没有说。要是她觉得我做错了什么事,她从不直接反对,从不大声说话,可是她会重做一次。我宁愿她说:"那么做不对。"她也十分平静,从不微笑。我不知道她到底能不能与我们合得来,并非我们吵闹,而是她的安静程度无人能及。或许跟父亲在一起她不会那么沉默。我无法想象他怎么会被她吸引。

爱你的

梅姆

1621年8月1日

普利茅斯村

亲爱的小淘气:

　　父亲为我做了一张凳子!一张凳子,小淘气,专为我做的。我想我或许是村里唯一一个拥有自己专属座椅的孩子了。而它也是我们家里第一件真正意义上的家具。我们既没有床也没有桌子。我们只不过用一只桶来代替桌子。我没有把架子或衣夹视作家具。他真是太好了。他现在正为布莱辛做一把真正的勺子。整个村里连一把勺子或叉子都没有。我不知道他怎么有时间做这项工作。为了打理花园和田地，我们从黎明忙到天黑，至少每隔一天他还要去捕鱼，不干家务的时候我们就为渔夫们织网。我以前从未如此努力地工作过。这就是我隔好几天才能给你写信的原因。而随着收割庄稼的日子越来越近，情况会越来越糟。我已经感觉转眼天就黑了，白昼一点点在缩短。

可是想想，小淘气，我有了自己的凳子，可以在冬日的夜晚坐在火边。要是妈妈还活着，将多么惬意。我在想，是否随着年龄的增长，对母亲的思念也会日益减淡呢？

爱你的

梅姆

1621年8月2日

普利茅斯村

亲爱的小淘气：

猜猜谁还有一张凳子？

朝天鼻！

爱你的

梅姆

1621年8月5日

普利茅斯村

亲爱的小淘气：

汉娜·波茨太太身上还有一样东西是我不怎么喜欢的。她对不喜欢的事物会发出啧啧声。我今天跟她一起在种豆子的田地里工作，我听见了这种啧啧的声音。起初我以为是一只烦人的大蚊子发出的，可是并非如此，声音的主人是汉娜·波茨。她把她的小舌头伸到两唇之间，对我剥豆子的方式发出啧啧声。后来她的动静越来越大，并且说："像这样。"说完了，又发出啧啧声。我不喜欢那样。太气人了。

爱你的

梅姆

1621年8月9日

普利茅斯村

亲爱的小淘气：

我感觉糟透了。我希望妈妈在天堂里别看着我们，可是毫无疑问她正看着这一切。自从在田地里和汉娜·波茨在一起，并且忍受她的啧啧声后四天，我找到她，我说："你就不能直说我到底做错了什么吗？能不能告诉我，别发出这种啧啧声，吧嗒你的舌头？"好了，我眼看着她的脸都皱了。她可爱的灰色眼睛盈满了泪水，接着她晕倒在田地里。如果说我当时感觉还不够糟，那么当我回家发现床铺上有张折起来的纸条时，便遭遇了沉重的一击。

它是这么写的：

亲爱的瑞梅姆柏：

正如你所言，我对自己发出喷喷声的行为感到抱歉。这对我来说是个坏习惯，而且于你而言也实在无法理解，可是自我亲爱的丈夫去世，我的孩子也遭厄运，现在就埋在他的旁边，我度过了一段十分艰难的时光。我常常无法将心里的想法说出口。我一点点好了起来，可是说话对我来说变得十分困难。我发出的喷喷声并不真的总是表示批评。在剥豆子这件事情上你什么都没做错，其实只是因为许多豆子似乎都枯萎了。对我们做的所有这些工作而言，我们的产量实在太小了。可是我不知道该如何表达。我知道你是个有耐心的孩子，现在会更理解我的苦恼。

愿上帝保佑你

汉娜·波茨

她知道我是个有耐心的孩子，小淘气。哦，天哪，我羞愧难当。这个可怜的人。

爱你的
梅姆

1621年8月15日
普利茅斯村

亲爱的小淘气：

今天我去了父亲、斯匡托和我曾经捕过鳗鱼的池塘边的田野。我采了一束可爱的野花。它们是来自新世界的野花，因此我不知道名字。可这束花漂亮极了。当我低头凝望着它们时，我想这对波茨太太而言会是一件不错的礼物。于是我把它们插在我们最小的瓦罐里，又往里面加了些水，然后把它们和一张纸条一起留在了她的家里。一个多星期以来我一直在思考如何弥补我的鲁莽。我知道这么做真的无法弥补什么，可是它或许能展示我更好的一面。

爱你的
梅姆

1621年8月20日

普利茅斯村

亲爱的小淘气：

　　这几天关于马萨诸塞探索行动的议论越来越多。父亲已经被纳入了这项行动之中。大家都很兴奋。唯一的问题是，在一年中最繁忙的时节——收割时期，我们的人手会不够。我多么希望自己是个男孩，可以跟他们一起出发。

爱你的

梅姆

1621年8月25日

普利茅斯村

亲爱的小淘气：

　　今天我去了大池塘附近的田野。我一路漫步，来到池塘往内陆方向的一头，听到了孩子们的欢笑声。

这也有可能是我们这些移民的孩子，因为印第安孩子的笑声听起来同我们自己的一模一样，这让我觉得世界上所有的孩子大笑起来都是一样的。我蹑手蹑脚地靠近了些，蹲在莓树丛中，向外张望。就在那儿，睡莲叶子生长茂盛的地方，六个印第安孩子正在游泳和潜水。当他们浮出水面的时候，手里抓着睡莲的根茎。他们正出于某种原因收集这些东西。我要问问斯匡托。

然而令我吃惊的是这些孩子尽管在水中玩耍，却十分强壮和健康。我们一直都被教导离水远远的，这并不仅仅是因为会淹死，而是由于我们觉得水会将人体的自然保护物质洗去。现在，我开始怀疑这个理论了。我觉得要是这不是真的，我也会愿意学游泳。当然了，我不会赤身裸体地下水。别担心，小淘气。我至少会穿两条衬裙，还有马甲和头巾。我不会穿鞋，可是，是的，我会穿袜子。

爱你的

梅姆

1621年8月26日

普利茅斯村

亲爱的小淘气：

我问了斯匡托关于睡莲根茎的事。他说会把它们晒干，磨成粉，用来治疗关节僵硬和胃病！

我想回到那个地方。它一直萦绕在我的脑海中。我已经想出了一个更好的游泳装扮。我会穿上我的两条衬裙和衬衫，可是不穿马甲。然后我要把第三条衬裙绑在胳膊下面，就像穿罩衫一样，这种穿法在端庄程度上不亚于穿马甲，不过可以让身体有更大的灵活度。

爱你的

梅姆

1621年9月1日

普利茅斯村

亲爱的小淘气：

我们一直忙着洗鱼、腌制、装桶，我都没有时间回到那个有睡莲的地方，昨天我终于去了，可是那里空无一人。我大失所望。可是后来当我离池塘边缘越走越近的时候，我发现了一条虽然狭窄却显然经常有人走动的小径。于是我沿着它来到一小片帐篷区。这一定是那晚斯匡托向父亲和我提起的村庄。他说过这是一个很不错的夏季营地，附近就有鳗鱼游过，而且去海滩挖蛤蜊、收集螃蟹也很方便。

由于近旁就有一条溪流，这里的土地也很肥沃。我从未如此近距离地见过印第安人的帐篷。它们就像一只只可爱的木头小碗倒置着，上面覆盖着树皮。屋前悬挂着一串串干圆蛤和其他鱼类。我看到一个女人正用黏土做罐子。我真想再回那里。我多么希望哈米也在。从前我们曾感觉有眼睛正从森林边缘窥视我们，可是现在我就是那双眼睛，我正看着他们的一举一动。而我所见的是一个多么与众不同的世界。

爱你的

梅姆

1621年9月4日

普利茅斯村

亲爱的小淘气：

　　我今天又去了。这回我跟着两个女人来到了河床。那里有许多印第安人正在挖黏土，孩子们正在浑浊的水里戏水和游泳。我越发相信水并没有那么大的杀伤力。我必须想个办法学习如何游泳。

爱你的

梅姆

1621年9月6日

普利茅斯村

亲爱的小淘气：

　　今天发生了一件令人震惊的事。我又一次去了睡莲池，沿着那条小路，蹲在树丛中观察夏季营地的一举一动。猜猜发生了什么，小淘气？我被发现了。居然是斯匡托。偷窥的行径被逮了个正着，这令我无地自容。我不知道该说些什么。于是我脱口而出自己多么好奇，只有男人能跟印第安人见面，这对我来说多么不公平。而斯匡托只是说："跟我来。"

他带我径直走进营地，把我介绍给印第安人。孩子们将我团团围住，碰碰我的裙子和围裙，我想他们一定对我十分好奇，就像我对他们的感觉一样。他们的母亲则极力训斥他们，我猜大概是觉得孩子们太主动了吧。不过我微笑着脱下围裙，递给一个小女孩，这样她就能好好看看它了。另一个孩子指着我的头巾……好吧，小淘气，我知道，这让人难以置信，可是我还是把它摘了下来，让她试戴。当他们看见我的头发时，所有人都发出了惊呼。我由于一直忘戴帽子，发色变得十分明亮。他们把我带进其中一顶帐篷。这真是一段美好的时光。

我待在由芳香扑鼻的树皮和苔藓搭建的屋顶之下，仿佛身处于树心之中，就在这顶帐篷里有一个出生没几天的印第安宝宝，人们用鹿皮将他小心翼翼地包裹起来，被缚在斯匡托口中的育婴板上。他们可以用任何东西支撑他，或者把它背在背上。他们还给了我一个装着一些碎玉米的碗，里面还有一些浆果。

我真的学了很多东西。我现在知道，他们已经听到了蚱蜢的吟唱，于是知道严寒即将来临。我知道他们管昆虫叫"小人儿"，这个称呼真是亲切极了。我知道八九月份，即他们所谓的双月，意味着是时候吃玉米了。我学会了那么多新词。这一天是我来到新世界以后度过的最快乐的日子。不知怎地，我竟觉得这是我来到这里以后的第一天。

爱你的

梅姆

1621年9月16日

普利茅斯村

亲爱的小淘气：

男人们准备往北边马萨诸塞印第安人的居住地展开探索行动，父亲准备跟他们一起去。今晚父亲来找我。在他开口前，我想我已经知道他要说什么了。他问我是否愿意让汉娜·波茨做我的继母、他的妻子。我不知该如何回答，心中五味杂陈。最后我脱口而出："可是她太内向了，父亲！"这么说似乎毫无说服力，可这是我能想到的全部。而他却说或许我们能让她开朗一些，我知道他话中有话。我想他想说的是她可以帮助我父亲。可是我们没再多说什么。

我知道对一个男人或者女人来说，在新世界孤单一人是十分艰难的。在莱顿，一个男人可以做鳏夫，女人也可以做寡妇，这都不要紧，可是这里却不行，冬天很快就要来了。或许我应该喜欢她的沉默寡言，又或者她会变得多话一些，然而事实是她再也没有发出喷喷声。

爱你的

梅姆

1621年9月20日

普利茅斯村

亲爱的小淘气：

自从父亲远征以后，波茨太太每天都过来。她与布莱辛相处得很好。没什么可写的了，等父亲和斯匡托回来以后，我有许多话要说。

爱你的

梅姆

1621年9月21日

普利茅斯村

亲爱的小淘气：

我真的看不起比林顿太太。你知道她说了什么吗？就在汉娜·波茨听得见的地方。她说我父亲爱上波茨太太唯一的理由就是她拥有的羽绒床垫。这是村里唯一一个真正的床垫，是当时波茨父亲在莱顿做捕鸟人时做的，他当时真的饲养了许多鹅。这是我听过的最无耻的言语，可怜的汉娜，她眼里充满了泪水，我觉得她像是当场就要放声大哭了。于是我对比林顿太太说："管好你的舌头。我父亲之所以喜欢波茨太太，是因为她长相清秀，对布莱辛也很亲切，而且她的布丁做得也很好吃，她既安静又优雅，可不像你！"然后我握住汉娜的手，拉了她一把，我们跺着脚走了。

"舱底污水"能不能别再让我惊愕和恶心了，亲爱的小淘气？

爱你的

梅姆

1621年9月23日

普利茅斯村

亲爱的小淘气：

父亲昨晚回来了，说实话我从未见汉娜·波茨这么活泼过。她把自己的凳子搬来了我家，这样我们就能坐在火边听他讲故事了。

父亲说那里的田野和周围的土地比这里的更胜一筹，真是后悔我们没有继续前进。他们在那里遇见了许多印第安人，女人们身着他们见过的最漂亮的海狸皮。女人们十分愿意用身上的衣服换取几个明亮的珠子和一两根丝带。因此父亲说皮毛生意已经正式开展了起来，他对我们能够偿还商人们的债务充满了信心。

眼下他们期待新的船只尽快启航。我不敢想哈米会奇迹般地在这艘船上，若果真如此，那么这就真是个奇迹。

不过父亲还说了另一件奇妙的事给我们听。只要一想到这件事，我的心跳就加快了。他告诉我们，海港的入口处有许多岛屿和暗礁，人们正准备为它们命名。位于海港出口的一小串岛屿和暗礁已被命名为布鲁斯特，以此向我们的治理长老致敬。一处海岬被命名为阿勒顿，而且你猜怎么着，另一处绿草如茵、形态可爱圆润的海岬以亲爱的妈妈格雷丝的名字命名。这是父亲的主意。他们原本想叫它惠普尔，可是父亲拒绝了。他想叫它格雷丝，就是格雷丝。现在我知道他仍然深深地爱着她，而更重要的是我现在知道，在北面那荒凉汹涌的水面之上有一片绿草如茵的美好所在是以妈妈的名字命名的。

这是一个十分美好的夜晚。我们大家——布莱辛、我、父亲和汉娜——坐在火边。汉娜和我坐在凳子上，当布莱辛吵着要坐的时候，父亲说："不行，布莱辛，这些凳子是为女士们准备的。"

爱你的

梅姆

1621年10月5日

普利茅斯村

亲爱的小淘气：

父亲和汉娜昨天结婚了。布拉德福德地方长官在堡垒的大房间里主持了婚礼仪式。那里就是我们现在召开所有关于是否与印第安人签署和平条约的会议以及做礼拜的地方。婚礼十分朴素，既没有高声欢闹也没有花团锦簇。洛夫·布鲁斯特帮我将一些小麦同薰衣草编在一起。小麦象征着好运和富饶。我不介意他们再生一个孩子。这会让经历过丧子之痛的波茨太太振奋起来。我们用白桦叶和迷迭香为新娘做了一顶花环。洛夫还为此拿来了些艾菊，可是我实在无法下定决心将黄色加入其中。这让我想起了妈妈，她多么喜欢黄色啊。

　　我不知道自己该如何称呼汉娜·波茨。叫她波茨
太太？波茨继母？我不能喊她妈妈。把艾菊编入花环
让她戴在头上已经这么困难了。小淘气，叫她妈妈对
我而言将意味着什么？我会好好想一想。我觉得波茨
太太帮不上什么忙。她依然像块石头似的沉默寡言，
整个仪式中她唯一能做的就是回答布拉德福德治安官
"我愿意"。

　　　　　　　　　　　　　　　　　　爱你的

　　　　　　　　　　　　　　　　　　梅姆

　　　　　　　　　　　　　　　1621年10月10日

　　　　　　　　　　　　　　　普利茅斯村

亲爱的小淘气：

　　在这个收获的季节，我们工作得卖力极了，然而
应受赞颂的是神，因为在上帝的庇佑之下，我们每户
人家每周都能吃上一顿大餐，并且获得相同数量的玉
米。我的手因为剥了那么多玉米苞皮长出了老茧。我

们此前播种了二十英亩印第安玉米，全都长得很好。我们还种了六英亩豆子和大麦。豆子遭遇了惨败。由于这里的夏天更加炎热，豆子的播种期也应该提前。这些豆子发芽开花后被太阳烤焦了。

除了安息日以外，明天将是三个多月来我第一次不用在月亮下沉前起床，也无需在星星消失前下地干活。不用再剥玉米了，我的手指会干些什么呢？然而现在正是丰收的时节。

爱你的
梅姆

1621年10月11日
普利茅斯村

亲爱的小淘气：

我发自内心地认为威廉·布拉德福德长官是世界上最聪明的人之一。他宣布我们应该为收获了劳动的果实而特别庆祝一下。而且不应该只局限于一两天，而是花一连三天时间。斯匡托被派去邀请马萨索伊特和他的子民。我们要大摆筵席！四个男人已被派去打鸟了；有些人负责捕鹿；而我父亲跟约翰·奥尔登、温斯洛先生以及比林顿一起被派坐着小舟去捕鲈鱼和鳕鱼，或许还能捉到一些鳗鱼。布拉德福德长官用迈尔斯·斯坦迪什训练和命令他的自卫队的办法派遣男人们。我觉得威廉·布莱德福德真是个天才：他既能制定法律、协议、契约，又能用同样巧妙的手段策划庆典。这真是别出心裁，我如此坚信。

爱你的

梅姆

1621年10月13日

普利茅斯村

亲爱的小淘气：

波茨太太（我依然不知道如何称呼她）和我忙于准备这场盛宴，我相信，我们的卖力程度绝不亚于在田地里干活时的劲头。所有的女人从早到晚都在烹饪，炖肉，炖鱼汤。斯匡托向我展示了一道叫做豆煮玉米的新菜，就是将豆子和玉米混合在一起。我答应做布丁。在小舟上的父亲和男人们也干得不错。他们带着鱼儿满载而归。可是父亲说比林顿先生没帮什么忙。他抱怨肩膀酸痛，没法收网。于是他大部分时间都在十月的阳光里喝啤酒，晒太阳。

不过，比林顿太太却没有偷懒，在做豆煮玉米的时候她帮了我大忙。她显然不是忘记了就是原谅了我曾多么严厉地对她说话。我想忘记的可能性更大一些，她可不会轻易原谅。我觉得没什么事能长时间地停留在她的脑海中。

爱你的
梅姆

1621年10月14日
普利茅斯村

亲爱的小淘气：

今天是庆祝活动的第一天。马萨索伊特一共带来了九十个印第安人。我们忙着准备更多的食物。真是太令人激动了。整个村庄一片喧闹，到处都是印第安人！这些男人把脸抹成深红色，抽着他们的长烟斗——有时候女人们也会抽！空气中飘散着烤肉和药草的味道。人们玩起了游戏，有人，我想应该是斯蒂芬·霍普金发现了一只排箫和鼓，于是我们姑娘们开始玩起了吉格舞比赛！我大概不能再写了，因为还有很多活要干，很多欢乐要享受。我会抽一两分钟再写的，小淘气。别担心，我永远都不会忘了你。

爱你的

梅姆

1621年10月15日

普利茅斯村

亲爱的小淘气：

我觉得我昨天吃撑了，可是我今天又吃了许多。这真是一段不可思议的时光。比林顿太太不停地跳着吉格舞，直到快要晕过去了，可是一直到最后都没有停下，事实上，她真的倒下了。她的脸颊就像印第安人放在壶里煮的龙虾一样红。我以前从未品尝过龙虾。我喜欢这道菜。可是为了从爪子里把肉弄出来，你必须费一番功夫。约翰和弗朗西斯·比林顿用细长的橙色触须为自己做了龙虾胡须。好玩极了。

爱你的

梅姆

1621年10月17日

普利茅斯村

亲爱的小淘气：

印第安人在我们的庆典上跳了一支十分可爱、令人难以忘怀的舞蹈。周围安静极了，我们只听到他们轻柔的哼唱声以及珠子同他们的蛤壳项链碰撞发出的咔嗒声。它叫做鹿之舞，每年的这个时候他们都会表演，因为他们很快就要去一门心思地捕鹿了。今晚我觉得不太舒服。我不知道自己是否要去参加吉格舞比赛。

爱你的

梅姆

1621年11月6日

普利茅斯村

亲爱的小淘气：

　　我醒来的时候压根不知道自己发生了什么。可是，亲爱的小淘气，你和我几乎分离。真的，我差点就跟这世上的一切分离了。显然我已在鬼门关徘徊了近三周的时间。我最后的记忆是想着自己能否好起来去参加吉格舞比赛。要是我没读那天写给你的文字，我对发生的一切将一无所知。我父亲走进家门，发现我瘫倒在地。我的眼睛翻白，气若游丝。

　　自从那时开始，汉娜和他便一直照顾着我。我被医生放了一次血，后来斯匡托来了，他们喂我喝了放了睡莲根粉的茶水，就是我看着他们潜水寻找的东西。可是我压根不记得自己曾服下那种汤剂。

　　接着，昨天早上，我听到了这甜美的声音——唱着一首关于遥远溪流的歌曲，我恍恍惚惚地想我大概已经死了，去了天堂，这是天使的声音。我虚弱极了，连睁开眼睛的力气都没有。我觉得周身柔软又温暖，于是我想，是的，我一定就在一个如天堂般的地方。我睁开眼睛，满心好奇地想看看天堂是什么样。可我看见的却是汉娜·波茨太太，感觉到的不过是垫在身下的羽绒床垫和盖在身上的被单，这两样东西都是她的。在我生病的这漫长的几天里，她把自己和父亲的床让给了我。我张嘴想说话，可是这回发出喷喷声的却是我。于是我又努力了一次，我说："汉娜！"她停止了甜美的歌唱，赶忙把父亲喊了过来。现在我知道该如何称呼她了。她永远都是我的汉娜。

爱你的

梅姆

1621年11月7日

普利茅斯村

亲爱的小淘气：

我今天觉得自己强壮了许多。据说商人们派出的下一艘船很快就要抵达了。哈米会不会在船上？我努力不去想这件事。不过这很困难。

爱你的

梅姆

1621年11月8日

普利茅斯村

亲爱的小淘气：

今天我出门散步了，希望明天能走得更远些。我在想，如果轮船真的抵达，自己能否步行去那座山丘，当时我就是站在那里眼看着五月花号载着哈米离开的。眼下，就跟当年一样，我更愿意远远地看着它。我知道她不会在船上。我知道无论她在还是不在，我终究都会流泪的。我希望远离人群哭泣。你是理解我的，小淘气，是不是？

爱你的

梅姆

附言：你觉得，是不是存在些微的可能性，她会回来？

1621年11月10日

普利茅斯村

亲爱的小淘气：

轮船出现在了地平线上！我现在要去小山了。我觉得自己已经足够强壮，可是我最好还是悄悄溜出家门。他们很快就会在堡垒集合，商讨轮船抵达的事宜。我得走了。我会把你带上的。

同一天晚些时候……

亲爱的小淘气：

我做到了。我在微风中走了很长时间。即便拄着父亲的捕鳗鱼棍，我还是两腿发软。一阵冷风吹来，不过我把自己裹得严严实实。现在我就坐在八个月前坐的地方。我不断告诉自己，我知道哈米不会在那艘船上，可是你不能不抱希望。我思忖着说不定船上有另一个像我一样的姑娘会跟我成为朋友。然而我还是不太相信。你瞧，我觉得失去的挚友是很难被别人替代的。

然而，除了朋友以外，还有很多希望。我可以希望也许一个新生儿会出现在我们的生命中，不过应该不会很快，因为汉娜和我已经计划好了明年如何打理花园。汉娜还有一大片豆田要种。那些都需要充沛的体力和精力。即使这艘船没有带来哈米，它还是会送来许多我们需要的东西。有了更多的工具和建筑材料，这样我们的小社区才会壮大，而且要是情况允许的话，父亲说我们家可以再添一间小屋。可是那样的话我觉得我们可能就要占用花园了。所以我不知道怎样做才最好。

他们还说下一艘船会运来纺车，我们又可以纺纱了，不过比纺车更棒的是还会有鸡、猪和奶牛！噢，一想到鸡蛋和牛奶，我激动得都发抖了，这样的话我们真的能做袋装布丁和蛋糕了。汉娜会做姜饼。汉娜是个出色的面包师。昨晚我们聊天的时候我说："想象一下普利茅斯不断发展，有一天这里也会开一间面包房，就像我们以前在荷兰时一样！而你和我就是面包师，汉娜！"

好吧，每个人都哈哈大笑，因为很难想象我们这个连商店都没有的小村落会有这一天。这里毕竟只是个小村子，可是我可以想象在新世界有一个地方，或许没有莱顿那么大，不过这个村庄却有蜿蜒的街道，鳞次栉比的房屋，面包房、补鞋匠、桶匠、腌鱼店和丝带店的招牌挂在大门上。

因此，此时此刻，当我看着那艘船驶向我们的海港，它便有了几分梦想之船的意味，我又可以向往姜饼和甜面包了，并且期盼一个新朋友，当然，我永远也不会放弃哈米。

要是哈米没有来，我告诉自己这也不会是世界末日。不，我觉得自己在四月的那两天已经历过了世界末日。我本以为自己的心里将永远是寒冬，可是它已经开始融化了。我终究还是学会了播下一粒种子，培育出玉米！我已经学会了在月光下涉水捕猎鳗鱼。我学会了发音奇怪的万帕诺亚格语中的许多单词。而现在，以下这些是我还没做的：我必须学会如何设下捕鹿的圈套，因为我像讨厌针线活一样不喜欢射击。我必须学会穿着两套衬裙潜水寻找睡莲根。总有一天我要学会开船，到那时我就能驾船驶往海面之上那个绿草茵茵、名叫格雷丝的可爱小岛了。

我为自己已经学会的、想学的一切献上感恩之心。

爱你的

梅姆

尾 声

梅姆的许多希望和梦想都成真了，但也有一些没有。她再也没能见到她亲爱的朋友哈米里提·索耶，梅姆和汉娜的种豆计划以及扩大花园的打算也没能成功，而关于五谷丰登的梦想也落了空。

1628 年，梅姆十九岁那年嫁给了威廉·恩迪科特。

1630 年，波士顿城被创建，梅姆和丈夫同那些意识到自己命中注定再也无需辛勤耕耘岩石遍地的新英格兰土地的人们一起搬去了那里。

在那之后，梅姆很快生下了一对双胞胎女孩，她给她们取名叫哈米里提和格雷丝。她的丈夫威廉成为一名成功的鱼干商人，又迅速开辟了木材业。许多普利茅斯村的村民也设法来到了波士顿，包括嫁给威廉·恩迪科特表兄的布莱辛，最后梅姆的父亲去世，汉娜成了寡妇。

梅姆、汉娜、梅姆的双胞胎女儿和布莱辛以及汉娜同梅姆的父亲生的两个小儿子一起做起了向船上的食品储藏室供应烤硬面包和压缩饼干的生意。他们也做肉桂面包和汉娜·波茨·惠普尔的特制姜饼，这些商品没法出海，不过却变得家喻户晓。

瑞梅姆柏·佩兴斯·惠普尔是个长寿的女人。在她如此漫长的生命中，最棒的梦想一一实现。她亲眼看到了她的曾孙。事实上，是她的玄孙女哈米里提·奥尔布赖特小姐于1850年在她父母位于波士顿灯塔山家的阁楼上一个年代久远的皮箱里发现了瑞梅姆柏·佩兴斯·惠普尔的日记。

历史背景

1620年，为了躲避宗教和政治迫害、建立一个得以生活和拥有神圣信仰的居所，英国清教徒坐船来到了美洲。

英国本土在詹姆斯一世的统治下，英国国教势力强大。任何不遵守教规或违背国王意愿的人就会面临逮捕、监禁、罚款及其他各种官方袭扰等不同形式的迫害。

一群叫做清教徒的改革者质疑教会的权力，他们发生了内讧，谴责教会的腐败和违法行为。由于这种质疑打击了国王和教会的权威，清教徒们遭到了英王的蔑视。他们中有一些人开始秘密会面。这些人被称为分裂主义者，企图完全脱离教会。英王发现他们的密会后，一部分分裂主义者被判入狱，两个被施以绞刑。宗教实践迫使人们饱受逮捕的威胁，1607年，他们中的一群人决定离开这个国家。

出于对生活及生命的恐惧，这些分裂主义者决定移居荷兰莱顿，在那里，他们能够拥有自由的信仰。

但在荷兰的生活拮据，一种在陌生土地上的深深孤立感油然而生。同时他们也担心自己的孩子会忘记怎么说英语，沦为荷兰的士兵和船员。

于是，这些分裂主义者决定移民去新大陆，他们被称为清教徒，为世人所知。他们由一位名叫威廉·布鲁斯特的年长智者和一位名叫威廉·布拉德福德的理想主义青年带领。清教徒们知道1607年弗吉尼亚的詹姆斯敦已经成为英国的殖民地，便打算去北弗吉尼亚创立自己的殖民地。

他们说服了那些伦敦的商人，请商业冒险者协会为他们的航行提供资助，作为报答，清教徒承诺用七年的工作还清这笔债务。实际上，商人们用契约束缚了清教徒，希望能从那块特许的殖民地上获取大量的财富。

1620年9月6日，星期三，包括三十四个孩子在内的一百零二个勇敢的人，蜂拥上船，出发去建立一个属于他们自己的殖民地。其中大约35个人是出于宗教原因离开的——他们是清教徒（尽管他们更愿意称自己为圣徒）——另外一些人是因为在英国找不到工作，还有一些人是出于冒险精神。

这段航程又长又艰难。除了盐牛肉、盐猪肉、饼干，以及一些荷兰的芝士和豆类之外，他们没有别的东西可吃。然而食物腐烂得很快，桶装水饮用起来又不安全。许多乘客都严重晕船，有两个人（包括一名船员）在极度疲劳中死去。两个月后，清教徒们到达了如今的马萨诸塞州科德角。他们本来的目的地是弗吉尼亚殖民地，显然，他们严重地偏离了航线。

科德角看起来是一块不祥的多石之地。清教徒们决定继续深入探险后，往内陆航行，来到了更受欢迎的普利茅斯海岸。普利茅斯海岸是六年前由约翰·史密斯船长发现并命名的。1620 年 12 月 21 日，清教徒们终于登陆。没有人完全确定清教徒们真正登上了如今的普利茅斯岩，但很多人都相信这个传奇就是这样发生的，因为那里是 2.5 英里的海岸线上唯一合适的登陆点。

在普利茅斯的最初几个月对于这些新移民来说既寒冷又残酷。在严酷的冬天来到外国的陌生之地可能不是最好的选择。清教徒们没有居所，也没有医疗保障，生活物资十分匮乏。由于房屋还未建好，许多人依然在船上度过了冬天的大部分时间。疾病在人群中蔓延，超过一半的清教徒死在了第一个冬天里，有些是因为饥饿或患了坏血病，另一些死于肺炎、发烧及其他疾病。尽管清教徒们的确用了医疗药草，但却没有能够真正治疗这些致命疾病的药品。许多医生相信放血对病情有所帮助，他们割开病人的静脉，让"有毒"的血液流出。

清教徒同意选出约翰·卡弗为第一任统治者，可他没有熬过漫长的冬天。威廉·布拉德福德接替了他的位置。他和其他领导人一起起草了一个名叫《五月花号公约》的文件，那块小小殖民地里的所有人都签了字。公约同意他们每年选举一个统治者和他的副手，起草大家必须遵守的公正法律。虽然那时距离美洲独立运动还有一百五十多年，但自治的种子已经早早地被这些具有超前思维的清教徒播下了。

普利茅斯的殖民者立刻与印第安人接触。一些原住民部落，诸如万帕诺亚格部落，对清教徒十分友好。在"五月花"号抵达之前，万帕诺亚格人一直与欧洲的商人交易毛皮，但这群清教徒是第一批长居万帕诺亚格土地的欧洲人。

在清教徒抵达后三个月，1621 年 3 月 16 日，他们见到了一位阿贝内基族的印第安人，名叫萨莫塞特，他会说英语，向他们介绍了周边的印第安部落，以及普利茅斯唯一幸存的原住民印第安人斯匡托。他成为清教徒们最亲密的朋友，与他们一起度过了余生。当春天来临，清教徒们能够种植作物，斯匡托教他们种植印第安玉米，还教他们如何捕鱼，以及在哪里猎鹿和火鸡。豆类和小麦在新英格兰多石的土壤里长得并不太好，不过玉米倒是茁壮成长着。清教徒用多余的玉米跟印第安人交换海狸的毛皮，这些毛皮接着会被送回英国，还他们向商人借的债。

另外也有一些对清教徒不那么欢迎的部落，比如盖伊海德和纳拉干族。迈尔斯·斯坦迪什船长帮忙组建了一支民兵队，为这个手无寸铁的群体提供自卫。

那年十月，幸存的清教徒（大约五十人）庆祝了第一个感恩节。庆祝活动持续了三天，他们邀请了万帕诺亚格部落的成员共同参加快乐的宴会。大家吃着野生火鸡肉、鹿肉、肉馅饼、鸭肉、新鲜鱼肉和清教徒种植园中的蔬菜，还有玉米和野莓。清教徒充满感激。如果没有斯匡托和其他印第安邻居的帮助，他们没法熬过头一年。他们还跟万帕诺亚格的首领马萨索伊特签订了官方和平条约。后来，英国人利用了清教徒的新同盟，逼迫他们搬离祖先的土地，但这一切一开始并未发生。

之后几年，清教徒在他们新的居住地，几乎与世隔绝。他们的人口增长速度很慢，偶尔有英国开来的船，送来一些新的移民。但大多数时候，他们都是独立的。

伦敦的公司从来没有从清教徒身上获取过利益，因为控制遥远的殖民地太难了。虽然英王对他们的活动拥有最终管辖权，但普利茅斯从根本上说是独立的。在实践中，清教徒们创立了一个自治的区域，而他们为独立所进行的斗争才刚刚开始。

五月花号不是一艘客船，而是一艘货轮，大约90英尺长，用来运送衣物和桶装酒

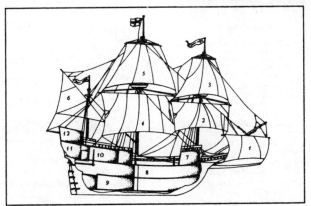

五月花号的结构图清楚示意出了整艘船的主要区域

1. 斜杠帆
2. 前桅大横帆
3. 前桅中桅帆
4. 主帆
5. 主上桅帆
6. 后桅帆
7. 延长生命舰队作战指挥系统
   为船员烹制食物的地方
8. 二层舱甲板
   住舱
9. 储藏舱
   储存食物、饮水、工具等

物资供给
10. 驾驶室
    这里是舵手驾驶整艘船的地方。他用指挥棒指引长杆移动舵柄推动船舵。在大舱房上面甲板的船员会给出指令
11. 大舱房
    船长、部分船员和新手都睡在这里
12. 船尾室
    这里有船长指挥整艘船航向的海图室

有五月花号部分乘客签名的册子

荷兰莱顿城。跟清教徒们登陆的那个崎岖多石的新英格兰海岸相比，这里发达多了

清教徒们齐心协力建造第一批房子。这些房子以英国的房子为模板，只是更小一些。它们用稻草做屋顶，窗户盖着油纸，以便光线射入

清教徒们建起房子后的普利茅斯殖民地

41 人签署了《五月花号公约》，公约承诺"为了大众利益的公平公正的法律"。这是美洲第一个基于多数人统治的文件

清教徒长长的羊毛裙和白色的亚麻帽跟他们遇到的那些原住民的打扮十分不同

一位画家的画作展示了清教徒们的第一个感恩节，大约发生在 1621 年 10 月中旬，持续了三天

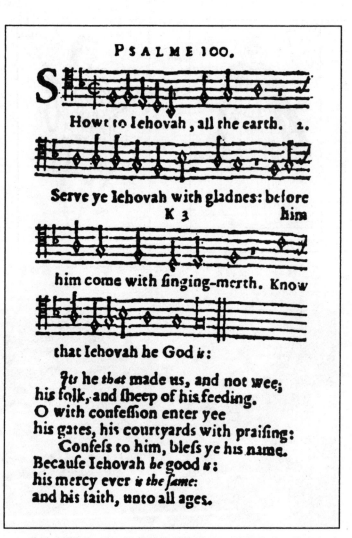

赞美诗第 100 首，是清教徒最喜欢的一首赞美诗，来自一本
赞美诗集

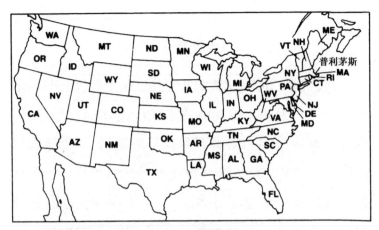

现代美国大陆地图，指出了普利茅斯大致的位置

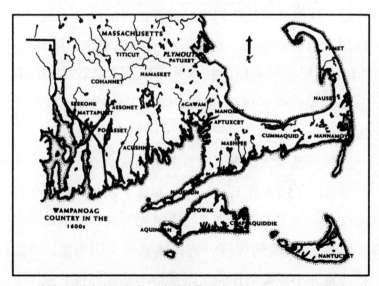

马萨诸塞州详图指出了普利茅斯的位置，以及 1600 年代周围地区的名称。印第安人管普利茅斯叫帕丢塞特

作者简介

凯瑟琳·拉斯基曾经两次乘坐三十英尺长的船出航大西洋，因此，她拥有许多关于海洋的一手资料，用来描写清教徒们乘坐五月花号的航行。"我能联想起那些风暴和广阔大西洋波涛冲撞的可怕声音。跟梅姆一样，我也晕船了好多次。"从大西洋往东的航行中，拉斯基女士和她少量的船员们在英国法尔茅斯登陆，那里离清教徒们出发去新世界的港口不远。不过跟清教徒们不同，他们能够精确地定位登陆地点。"十七世纪早期的航海技术并不发达，清教徒们没有办法测量经度，因而也无法像今天这样准确在海上定位。"

拉斯基女士出版了一百多本儿童及成人作品，包括最近的《猫头鹰王国》《绝境狼王》系列，以及《海的女儿》丛书。她凭借《甜蜜时光》摘得纽伯瑞儿童文学奖，《夜晚的旅行》摘得国家犹太图书奖，并因对儿童非小说类创作的贡献获得华盛顿邮报儿童图书协会奖。此外，她还撰写了数本"亲爱的美国"日记和两本历史小说——美国图书馆协会最佳青少年读物《穿过燃烧的岁月》，以及学术著作《正北》。她现与家人一起居住在马萨诸塞州的剑桥。

图片致谢

非常感谢允许我使用以下资料的各位：

177 页（上）：五月花号彩色版画，1905 年，格兰杰历史图片库，纽约

177 页（下）：五月花号结构图，希瑟·桑德斯绘

178 页：五月花号部分乘客签名的册子，清教徒们的行为准则，马萨诸塞州普利茅斯

179 页（上）：荷兰莱顿城，北风图片档案馆，缅因州艾尔弗雷德

179 页（下）：在普利茅斯建造第一批房屋，蒙太奇公司，伊利诺伊州芝加哥

180 页（上）：普利茅斯殖民地，同上

180 页（下）：《五月花号公约》，清教徒们的行为准则，马萨诸塞州普利茅斯

181 页（上）：清教徒和万帕诺亚格人的装束，希瑟·桑德斯绘

181 页（下）：第一个感恩节，美国自然历史博物馆，纽约

182 页：《安斯沃思的赞美诗》，1618 年，纽约公共图书馆珍本馆，阿斯特、伦诺克斯和蒂尔登基金会

183 页：地图，希瑟·桑德斯绘